AOUT - SEPTEMBRE 1988
TOME XLIV. – N° 495-496
publication mensuelle
quarantième année

CRITIQUE

Revue générale des publications françaises et étrangères

Rédaction :
7, rue Bernard-Palissy, 75006 Paris
Tél. : (1) 45.44.23.16

M. Jean PIEL reçoit sur rendez-vous.

La Revue n'est pas responsable des manuscrits qui lui sont envoyés.

Les auteurs développent librement une opinion qui n'engage qu'eux-mêmes.

ADMINISTRATION REVUE CRITIQUE

ÉDITIONS DE MINUIT - 7, rue Bernard-Palissy - 75006 PARIS

INTRODUCTION

A l'origine de ce numéro, une constatation étonnante : le Portugal, qui est aujourd'hui la « lanterne rouge » de l'Europe, a été, depuis la fin du Moyen Age jusqu'au milieu du XVIe siècle, le pays le plus entreprenant et le mieux équipé pour l'expansion Outre-Mer. L'historien Frédéric Mauro explique, dans le premier des articles ici rassemblés, les raisons qui ont fait des Portugais les premiers champions des grandes découvertes, aussi bien en Amérique, qu'en Afrique et en Extrême-Orient.

Ce sont les répercussions de leur passage dans « L'Orient de l'Orient » que nous avons choisi d'étudier, leur impact sur l'Amérique et l'Afrique pouvant être réservés pour d'autres numéros spéciaux consacrés au Brésil ou à l'Afrique. Aussi trouvera-t-on ici, dans des études confiées à des spécialistes, la description de la véritable épopée que fut, pendant cent cinquante années environ, l'intrusion des Portugais en Inde (Goa), en Chine (Macao), à Malacca et en Indonésie, enfin même au Japon où ils laissèrent des traces importantes, et où la langue porte encore la marque de leur présence.

Cependant, qu'est devenu le Portugal après cette période faste ? S'il a conscience de sa décadence, et n'est pas sans éprouver parfois quelques remords de certains aspects moins brillants de cette épopée, il se console en relisant Camoẽs chantre de ses gloires passées, en contemplant sa capitale et ses monuments d'art « manuélin », et en admirant les riches collections accumulées par Calouste Gulbenkian, qui a choisi le Portugal pour y créer une riche Fondation de prestige mondial.

Mais aussi, en cette année 1988, le Portugal célèbre l'anniversaire de Fernando Pessoa, personnage étrange et contradictoire. On vient de découvrir l'immensité de son œuvre, jusqu'alors restée secrète : la profusion des publications récentes fait aujourd'hui apparaître Pessoa comme un des grands poètes européens de notre siècle (1).

Pour les Portugais, il évoque à la fois la nostalgie du passé et l'espoir d'une renaissance.

Fernando Pessoa est ici étudié par José Augusto Seabra et par Robert Brechon, dont la compétence a été particulièrement précieuse pour la préparation de cette livraison exceptionnelle de *Critique*.

Jean PIEL.

---

(1) Dans la postface au *Livre de l'intranquillité* de Bernardo Soares, hétéronyme de Pessoa, Antonio Tabucchi n'hésite pas à comparer celui-ci à Rilke, Laforgue, Beckett, Montale, Blanchot, Joyce et Borges, (Christian Bourgois, ed. 1988).

LES PORTUGAIS : PREMIERS CHAMPIONS DE L'EXPANSION OUTRE-MER

On nous répète que les premiers découvreurs de l'Amérique furent les Asiatiques : ceux-ci, il y a trente ou vingt mille ans, passèrent le gué des Iles Aléoutiennes et du Détroit de Behring pour pénétrer dans le Nouveau Monde et le peupler. On nous rappelle aussi que s'ils profitèrent d'une période glaciaire qui gela l'Océan et facilita leur passage, leurs successeurs, les Vikings, arrivant de l'Est, à une époque de réchauffement du climat que nous appelons le Haut Moyen Age, profitèrent de l'absence d'icebergs pour amener leurs drakkars jusque sur les côtes de la Nouvelle Angleterre. Les Ibériques et les Français font donc piètre figure quand ils prétendent être les découvreurs du Nouveau Monde. D'autant que, comme le font remarquer nos voisins d'au-delà des Alpes, ces Ibériques et ces Français sont souvent des Italiens... Cela nous vaut un joli débat : Italiens, Français, Espagnols et Portugais, quels furent vraiment les premiers ? La réponse partira toujours du postulat que Mongols, Scandinaves et même Polynésiens ne comptent pas.

Admettons-le. Notre propos ici est de choisir entre les quatre de la Renaissance. Et suivant l'avis des spécialistes les plus distingués, nous déclarons : la palme revient aux Portugais ! Pourquoi ? Double question : pourquoi attribuons-nous la palme aux Portugais ? Autrement dit qu'est-ce qui prouve qu'ils ont été les premiers ? Mais aussi pourquoi ont-ils été les premiers ?

La palme revient aux Portugais

Ce qui importe d'abord, c'est de bien définir le problème. Il ne s'agit pas seulement de la découverte ou de la redécouverte de l'Amérique. Il s'agit de la découverte du monde à partir de l'Europe. Laissons de côté l'expansion qu'ont pu connaître certains peuples à travers le Vieux Monde en Asie, en Afrique, en Europe. Les invasions barbares à la fin de l'Empire romain en sont l'exemple le plus classique. Les peuples qui bordent l'Océan Indien et le Pacifique ont connu même une certaine expansion maritime, bien que Chine, Japon et Inde aient vécu assez refermés sur eux-mêmes. Ici ne prenons que le cas de l'Europe Occidentale face à cette aventure qui va réellement bouleverser le monde et peut-être l'Univers.

Jusqu'au XVe siècle, les empires coloniaux sont des empires méditerranéens. C'est le cas de l'Empire Ottoman qui domine toute la côte de la Méditerranée orientale et méridionale et a longtemps occupé son rebord occidental, c'est-à-dire la Péninsule Ibérique et même une partie de son rebord septentrional : la Péninsule Balkanique, la Sicile, parfois une place ou l'autre de la côte française ou italienne. C'est le cas aussi de l'Empire vénitien, empire commercial de relais jusqu'aux « échelles » du Moyen-Orient où s'échangent les produits européens occidentaux contre les marchandises venues par caravanes de l'Inde Orientale. On a beaucoup écrit sur les navigateurs méditerranéens qui se sont aventurés au-delà des colonnes d'Hercule – le détroit de Gibraltar – jusque sur les côtes du Maroc atlantique. Certains seraient allés beaucoup plus loin et ne seraient pas revenus. On parle même de navires qui auraient atteint la mer des Antilles ou la baie de Rio. Rappelons – sans vain patriotisme – un fait sûr : la redécouverte dès le XIVe siècle par deux Français, Jean de Béthencourt et Gadifer de La Salle, des îles Canaries (1). En 1418, Béthencourt cèdera les Canaries au roi d'Espagne.

Pourquoi alors parler d'une priorité portugaise ? Parce que, dans l'ensemble, la mobilisation maritime des Portugais est antérieure à celle des autres peuples. En 1249, la « reconquête » du Portugal sur les Maures est achevée. La domination du souverain s'étend jusqu'à la côte de l'Algarve avec un siècle d'avance sur les rois d'Espagne dont la reconquête ne se termine qu'en 1492 par la prise de Grenade. En 1415, les Portugais organisent une expédition en territoire marocain et prennent Ceuta. De 1415 à 1492, ils vont déployer une activité qu'on peut déjà qualifier de maritime et ultramarine. Activité partagée entre les essais de croisade, d'implantation au Maroc et la découverte de l'Atlantique.

(1) Les Romains, cependant, connaissaient les Canaries sous le nom d'Iles Fortunées. Elles étaient habitées par les Guanches. En 1312, l'Italien Malocello découvre Lanzarote. En 1341, les Portugais envoient une expédition dans l'Archipel.

Dès 1419 a lieu le premier voyage portugais de reconnaissance océanique. Mais douze à quinze tentatives sont nécessaires avant qu'un navire portugais ne parvienne, en 1434, à franchir le Cap Bojador, au sud du Maroc. Désormais la barrière physique et psychologique que représentait ce point jamais dépassé auparavant est brisé. Les Portugais peuvent aller plus loin et modifier peu à peu leurs conceptions sur l'Océan et le globe terrestre. En même temps, la navigation vers le grand large leur fait découvrir l'archipel de Madère et celui des Açores (1419-25 et 1427). Le périple se poursuit autour du continent africain. Dès 1443, la monarchie portugaise s'est assurée la mainmise sur le commerce de Haute-Guinée. Les îles du Cap Vert sont atteintes en 1456, la forteresse de São Jorge da Mina construite en 1482 sur la côte de l'Or, au moment où déjà est atteint l'Angola. Enfin Bartolomeu Dias arrive au Cap des Tempêtes – le futur Cap de Bonne Espérance – en 1488. Le premier voyage de Vasco de Gama à travers l'Océan Indien et jusqu'à la côte de Malabar se place entre 1497 et 1499. Alvares Cabral, à la tête d'une expédition vers l'Inde « découvre » le Brésil en 1500. En 1509, non contents de s'être emparés du commerce des épices de l'Inde, les Portugais occupent Malacca et en 1512 ils sont maîtres d'Amboine.

On a discuté pour savoir si Alvares Cabral avait réellement « découvert » le Brésil ou s'il l'avait « trouvé » *(achado)* ou retrouvé, ce pays étant, dans ce cas, déjà connu des Portugais. S'agit-il d'un hasard de navigation qui fit apparaître le nouveau continent à des voyageurs égarés, ou n'est-ce pas plutôt une étape voulue, préparée par le roi selon la « politique du secret » *(politica do sigilo)* pour prendre officiellement possession du pays et couper court à d'autres convoitises ? La réponse est incertaine. La seconde solution renforcerait encore la thèse de la priorité portugaise devant les prétentions des Français. Ce qui la fonde le plus est la demande faite par les Portugais, lors de la signature du Traité de Tordesillas avec l'Espagne, de reculer jusqu'à 370 lieues à l'ouest des îles du Cap Vert le méridien de démarcation entre les terres découvertes ou à découvrir par eux et celles découvertes ou à découvrir par les Espagnols. Il est vrai que ce que l'on gagnait ou perdait du côté de l'Atlantique, on le perdait ou gagnait du côté du Pacifique, aux Antipodes. Le fait de ne pas aller trop loin à l'Ouest sur le continent américain a donné aux Portugais les Philippines. Cela ne leur a guère servi puisqu'ils y ont renoncé et ont laissé finalement les Espagnols s'y installer à leur place.

Ceux-ci, sur l'ensemble de la Planète, arrivent un peu après les Portugais. Comme eux, ils franchissent la Méditerranée pour installer des forteresses sur la côte d'Afrique du Nord. C'est seulement après 1492 que les Espagnols occupent des « présides » chez les Barbaresques : Melilla, Oran, Bougie. Le but est de surveiller les Maures et d'assurer la sécurité des communications entre l'Espagne et l'Italie. En même temps commence l'aventure américaine. En même temps, c'est-à-dire près de 80 ans après Ceuta. Or le grand découvreur de l'Amérique en 1492, Christophe Colomb, n'a sans doute jamais su qu'il avait découvert l'Amérique et, de plus, il n'était pas Espagnol. Fils d'un tisserand de la banlieue de Gênes, il avait d'abord, à la suite d'un naufrage, échoué au Portugal où son frère tenait un atelier de cartographie et où lui-même a épousé la fille du capitaine de l'île de Porto Santo, dans l'archipel de Madère. Il avait soumis au roi du Portugal ses projets de navigation vers l'Ouest. Mais le roi avait refusé de le suivre, tout occupé qu'il était par les explorations de la côte d'Afrique et la perspective de déboucher dans l'Océan Indien, ce qui devait lui paraître beaucoup plus immédiatement rentable à lui, le roi-marchand.

L'obsession de Colomb, c'est le passage vers l'Ouest, vers Cathay et Cipangù, la Chine et le Japon. Il le cherchera jusqu'en 1504, entre le Honduras et les bouches de l'Orénoque.

Balboa, franchissant à pied l'isthme de Panama, découvrira la mer du Sud, le Pacifique. De 1498 à 1520, plusieurs expéditions espagnoles parcourent l'Atlantique central et méridional : celles d'Ojeda, Bastidas, Vespucci, Yañez Pinson, Solis. Elles font connaître les côtes septentrionales et orientales de l'Amérique du Sud, mais à un moment où les Portugais connaissent déjà celles du Brésil. On atteint même le littoral de la Floride : Ponce de Léon en 1512 et Alvarez de Pineda en 1519. Le tour du monde de Magellan, un Portugais sans appui de son roi et qui trouve celui des Espagnols, aboutit à la signature par Charles Quint et Jean III du traité de Saragosse, le premier cédant au second ses droits sur les Moluques. Dès 1519, c'est la « conquista » du Mexique, en 1530-31, celle de la Nouvelle Galice. Alors les Espagnols s'élancent vers le Nord-Ouest, à la recherche des sept cités mythiques de Cibola et de Quiriva, ce qui entraîne le *conquistador* Coronado jusqu'au cœur des prairies du Kansas et du Nebraska (1540-1542). La conquête du Pérou se place en 1530-1534, celle du Haut Pérou, la Bolivie actuelle, dans les années 1538-1545. Des expéditions parties d'Espagne abordent aussi directement le rio de la Plata, parviennent jusqu'au Paraguay et fondent Asuncion en 1537.

Conquête rapide sans doute et devant laquelle on s'est, avec raison, extasié. Mais elle a lieu alors que l'Empire portugais d'Orient a déjà atteint sa plénitude et que les Portugais, établis au Brésil, ont déjà entrepris l'exploitation du bois de teinture et même de la canne à sucre. Epoque où les « capitaines-donataires » se partagent le territoire brésilien et où le port d'Anvers prend son essor comme centre de redistribution des épices d'Orient dans l'Europe du Nord sous l'aiguillon de sa factorerie portugaise.

Et les Français ? Ils ne prennent pas de part officielle aux découvertes maritimes du XVe et du début du XVIe siècles. La première expédition à travers l'Atlantique, organisée à partir de Dieppe par Verrazano, date de 1523 : c'est pire que le 1492 des Espagnols. Ne revenons pas sur la légende de la découverte de la Guinée par les Normands, ni sur celle de la découverte du Brésil par Jean Cousin (2). Des pirates ou commerçants français ont dû aller assez tôt au Brésil. Mais quand ? D'après une lettre connue par une copie allemande et se rapportant à un bateau revenu de ce pays un 12 octobre, des indigènes auraient assuré aux Portugais qu'ils voyaient arriver de temps en temps des bateaux montés par des gens vêtus comme eux mais portant presque tous une barbe rousse. « A ces signes, les Portugais les tinrent pour des Français ». Mais on ne sait en quelle année ces choses se sont passées, sans doute dans les tous débuts du XVIe siècle.

Plus intéressante est l'histoire de Paulmier de Gonneville, marin de Honfleur qui, en 1505, raconte à l'Amirauté de Rouen l'aventure dont il a été l'acteur et le témoin :

> « Ce capitaine honfleurois avait été séduit, au cours d'un séjour à Lisbonne, par "les belles richesses d'épiceries et autres raretés" ramenées de Calicut et avait décidé de se rendre en personne aux Indes, après avoir "pris à gros gages deux portugallois qui en estoient revenus". Il organisa à Honfleur une société en commandite de neuf personnes pour équiper le navire *Espoir* de cent vingt tonneaux et 60 hommes qui mit à la voile le 24 juin 1503. Le voyage fut sans histoire jusqu'au 9 novembre où s'éleva une forte tempête. Le bateau qui se trouvait peut-être au voisinage des îles Tristan da Cunha fut dérouté vers le nord-ouest jusqu'à "une grande terre" où il ancra le 5 janvier 1504 dans une rivière semblable à l'Orne. C'est au Brésil qu'il avait touché, peut-être vers le 26e degré de latitude sud. Les Normands passèrent six mois dans le pays qu'ils parcoururent jusqu'à deux jours de marche de la côte. Le vieux roi Arosca et son peuple, étonnés par le navire et l'artillerie et plus encore par les messages que s'envoyaient entre eux les hommes, furent gagnés par quelques menus présents et les traitèrent aussi bien que s'ils "eussent esté anges descenduz du ciel".

---

(2) Sur ces légendes, lire Charles-André JULIEN, *Les voyages de découvertes et les premiers établissements*, P.U.F., 1948, p. 8-18.

En échange “des quincailleries et autres besongnes de petit prix”, ils leur remirent des vivres et près de cent quintaux de “peaux, plumasses et racines à teindre... qui en France auroient vallu bon prix”. Le jour de Pâques, on éleva avec pompe, en présence d’“un grand peuple d’Indiens”, une “croix de bois haultc de trente cinq pieds et mieux, bien peinturée”, portant gravée sur une face les noms du pape, du roi de France et de l’amiral et sur l’autre, un distique latin renfermant la date de l’année sous forme de chronogramme » (3).

Gonneville était ensuite rentré en France, amenant avec lui Essomericq, le fils du roi Arosca. Le jeune homme épousa une riche parente de Gonneville et fit souche. Un siècle et demi plus tard, son descendant, l’abbé Jean Paulmier, demandait à être envoyé au Brésil pour convertir les Indiens. Gonneville estimait avoir eu des prédécesseurs, Dieppois, Maloins et autres Normands ou Bretons, qui, depuis des années, allaient chercher là-bas du bois à teindre en rouge, des cotons, des guenons, des perroquets « et autres denrées ». Certaines régions du Brésil auraient été découvertes, soit par le Honfleurois Jehan Denys piloté par le Rouennais Gamart ou Camart vers 1519, soit par le Dieppois Jean Parmentier, en 1520. Et les jésuites portugais prétendaient que les Français étaient arrivés au Brésil en 1504. Mais comme, de toute façon, il y a de fortes chances pour que des Portugais y aient précédé Cabral, la dispute sur la véritable découverte du Brésil est insoluble. Un point irréfutable cependant : dès 1500, fort du Traité de Tordesillas, Alvares Cabral a pris officiellement possession du Brésil au nom du roi du Portugal. C’était l’époque des voyages de Colomb, voyages insulaires ou côtiers; encore loin chronologiquement des conquêtes de Cortès et de Pizzare (4).

*

Du côté anglais, c’est au XVe siècle le port de Bristol, bien placé à l’extrémité sud-ouest du pays, qui lance ses navires vers l’Ouest. Les marins ne parviennent sans doute pas jusqu’à Terre-Neuve, comme on a pu le penser, mais acquièrent une grande expérience des vents et des courants de l’Atlantique. Vers 1490, ils savent que tout voyage vers l’Ouest doit commencer entre début avril et fin mai pour bénéficier de meilleures conditions.

La découverte de Terre-Neuve fait, d’ailleurs, problème. Il

---

(3) Charles-André JULIEN, *op. cit.*, p. 18-19.

(4) Quant à l’histoire du Dieppois Jean Ango, soutenu par François Ier, elle est beaucoup plus tardive (années 1529 et suivantes).

faut distinguer entre le voyage officiel d'exploration et les expéditions des pêcheurs de morue. Le périple de Diogo de Teive, le Portugais, et celui de Joanes Scolvus, le Danois (1472-1474) ne sont pas démontrés. Jean III de Portugal déclarait qu'en 1499 « Terre-Neuve et les pêcheries de morue n'étaient pas encore découvertes ». Sans doute dès le milieu du XVe siècle, on pense trouver par l'Ouest un passage vers la Chine et le Japon. A Bristol, par exemple, où on souffrait de la tutelle économique des Hanséates et des Vénitiens, un Génois naturalisé Vénitien et fixé dans ce port, Giovanni Caboto, lança une expédition en 1477. Il renouvelait la tentative de Colomb mais à une latitude plus haute, dans une zone exposée aux tempêtes. Le 24 juin, il prit possession d'une terre qu'il croyait être le Cathay et qui devait être un cap de Terre-Neuve ou de l'île du Cap Breton. Ses marins pêcheront des quantités considérables de morues. Au cours d'un second voyage, il refit la même route mais longea la côte du continent américain vers le Sud jusqu'à l'estuaire de la Delaware.

Selon le traité de Tordésillas, les terres nordiques devaient revenir aux Portugais, du moins pour leur partie la plus orientale. Le roi Manuel envoya les frères Corte Real en prendre possession. Ils longèrent le Groënland, découvrirent le Labrador et parcoururent le littoral de Terre-Neuve (1500-1502). C'est donc à eux que revient le mérite de la première exploration officielle et méthodique de l'île. Les deux frères périrent en mer dans des voyages ultérieurs. Terre-Neuve continua à figurer sur les cartes marines comme possession portugaise. Mais le gouvernement portugais ne s'y intéressa plus avant 1520. Le premier voyage français connu à Terre-Neuve est celui du Honfleurois Jean Denys, en 1508. En dehors de ces voyages de découverte, les entreprises personnelles de pêcheurs français ont commencé dès 1504 : Bretons, Normands, Basques s'y succèdent à un rythme rapide. Les Portugais vinrent aussi. Quels furent vraiment les premiers ? Il est difficile de le dire. Bientôt les Portugais prennent le dessus et deviennent de gros consommateurs de morue.

Les raisons de l'avance portugaise

On ne peut guère, lorsque l'on parle de l'avance ibérique et plus particulièrement portugaise, échapper à l'explication géographique. Mais celle-ci, plus ou moins traditionnelle, n'a cessé de s'enrichir et elle est plus complexe que beaucoup se l'imaginent.

Sa position extrême sud-occidentale par rapport au reste de l'Europe fait de la Péninsule Ibérique le balcon le plus avancé de ce continent sur l'Atlantique. La position de Séville et de Lisbonne est véritablement privilégiée, sur le cours inférieur de deux fleuves qui se jettent dans l'Océan. La distance qui les sépare de l'Afrique du Nord est courte. Ils ont été les derniers à subir le poids de la Croisade. Et ils sont restés, autant que les ports italiens, en rapports commerciaux et culturels avec l'Empire Ottoman. On voit toutes les conséquences qui en découlent : par l'intermédiaire de l'Empire Ottoman, ils gardent le contact avec l'Orient, avec la science orientale, c'est-à-dire la science grecque et arabe, peut-être aussi la science extrême-orientale. Un historien portugais, le regretté Joaquim Barradas de Carvalho, a insisté beaucoup sur cet apport considérable à la mentalité portugaise. Pour lui, la Renaissance n'a pas été, au Portugal, tellement humaniste, tournée vers l'Antiquité gréco-latine, mais au contraire moderniste, tournée vers les mathématiques et la science empirique. Pour lui, ce sont les Portugais qui ont introduit en Europe les chiffres arabes et le zéro, et qui ont développé la science mathématique à travers l'art nautique. Pour le zéro et les chiffres arabes, les Italiens présentent les mêmes revendications. Disons qu'il y a eu simultanéité. Mais les marchands italiens au XVe siècle venaient à Lisbonne ou y envoyaient leurs agents, alors que Séville, avant 1492, les recevait assez peu. Grâce à cette science précoce, les mathématiciens qui entourent Jean II (1481-1495) calculent les tables de correction permettant d'établir en mer, par la hauteur du soleil ou d'un autre astre, la latitude où l'on se trouve, selon le jour de l'année. Mathématiciens comme le médecin Abraham Zacuto, par exemple, donc nouveau chrétien, marrane, descendant de famille juive, espagnole, convertie de force au catholicisme. Leur œuvre a été précédée par celle de l'Infant Henri le Navigateur (1394-1460), cinquième fils du roi Jean Ier disposant de gros moyens comme Grand-Maître de l'Ordre du Christ, et fixé à Sagres à la pointe sud-occidentale du Portugal, dès 1413. Là il s'entoure de savants et de navigateurs. C'est à Sagres qu'aboutissent, dans cette période, toutes les informations possibles sur l'Océan et ses mystères. C'est là qu'on est vite convaincu de la rotondité de la terre qui n'est pas, comme on l'avait cru longtemps, une galette plate. A l'époque d'Alvares Cabral, il n'y a plus de doute. Mieux, est démolie bientôt la théorie selon laquelle il n'y aurait aucune terre dans l'hémisphère austral, qui ne serait qu'un vaste océan. C'est le *Mundus Novus* (en 1503-1504), attribué à Vespucci et rapportant le voyage portugais de 1501 le long de la côte du Brésil, qui convaincra l'Europe que celui-ci appartenait bien à un continent distinct de l'Asie.

« Nous reconnûmes que cette terre était un continent et non pas une île, parce qu'elle s'étendait sur une très grande longueur de côte, sans que celle-ci l'entoure, et qu'elle était remplie d'une infinité d'habitants ». (5)

Les Portugais furent donc les premiers Européens à réaliser la rotondité de la terre, l'existence d'un nouveau continent austral, le sens des vents et des courants dans l'Atlantique sud et même dans l'Océan Indien. Le calcul de la latitude complétait, précisait et suppléait la navigation à l'estime, possible grâce à la boussole, venue d'Orient et qui permettait de connaître l'angle que faisait la direction du navire avec le méridien. Connaissant la distance parcourue, on pouvait calculer à quelle latitude et même à quelle longitude on était parvenu, mais avec une grande marge d'erreur, corrigée par le calcul de la latitude. Le calcul de la longitude ne sera possible qu'après 1750, quand auront été fabriqués les premiers chronomètres de précision. Cependant, au XVIe siècle, on pense, à tort, que les lignes isogones, c'est-à-dire les lignes de même déclinaison magnétique dûes à l'existence d'un pôle nord magnétique distinct du pôle nord géographique, correspondent aux degrés de longitude. C'est une erreur que mettra bientôt en évidence le mathématicien Pedro Nunes, bien que certaines coïncidences, au XVIe siècle, aient pu aider les navigateurs.

Enfin, ce sont les Ibériques et d'abord les Portugais qui, les premiers, ont utilisé sur l'océan une forme de navire rapide, adapté à la reconnaissance et à la découverte : la caravelle. C'est un navire rond qui s'oppose à la galère plate chère aux Méditerranéens. C'est un navire rond différent de la caraque gênoise ou vénitienne ou de la nef par sa légèreté, par sa double voilure, avec la voile latine ou triangulaire, qui permet de remonter contre le vent et d'orienter le navire au plus fin, et la voile carrée qui utilise au maximum le vent arrière. Sans doute l'expédition de Vasco de Gama s'est-elle faite sur des nefs lourdement chargées de marchandises, prévues pour un long voyage. Mais dans l'Atlantique oriental, entre les îles et le continent, la caravelle a joué un rôle considérable.

*

Toutes ces raisons ont été longtemps les seules avancées pour expliquer l'avance ibérique dans la découverte et, au cœur de

(5) Cité par W. Randles, *De la terre plate au globe terrestre*, Paris, 1980, p. 71.

l'avance ibérique, l'avance portugaise. Dans un ouvrage récent, Fernand Braudel remarquait l'évolution de la pensée des historiens depuis vingt ans sur ce problème (6).

Si l'Espagne et surtout le Portugal ont pu jouer un rôle si important dans l'expansion outre-mer, c'est parce qu'ils n'étaient pas au XVe siècle les pays exsangues que nous avons connus dans la première moitié du XXe.

> « Ni anormalement étroit, ni anormalement pauvre, ni enfermé en lui-même, il est (le Portugal) dans l'ensemble de l'Europe une puissance autonome, capable d'initiative (il le prouvera) et libre de ses décisions. Surtout, son économie n'est pas primitive ou élémentaire : des siècles durant, il a été en contact avec les Etats musulmans, Grenade qui resta libre jusqu'en 1492, plus les villes et les Etats d'Afrique du Nord. Ces relations avec des pays évolués ont développé chez lui une économie monétaire assez vive pour que le salariat y ait très tôt gagné les villes et les campagnes. Et si ces campagnes réduisent la culture du blé au bénéfice de la vigne, de l'olivier, de l'exploitation des chênes-lièges ou des plantations de canne à sucre dans l'Algarve, nul ne pourra soutenir que de telles spécialisations, reconnues, en Toscane par exemple, comme les signes d'un progrès économique, aient été, au Portugal, des innovations rétrogrades. Ni que le fait d'être obligé, à partir du milieu du XIVe siècle, de consommer le blé du Maroc, ait été un handicap, alors que la même situation se retrouve à Venise ou à Amsterdam et y est considérée comme le corollaire d'une supériorité et d'un avantage économique. » (7)

De plus, comme le rappelle aussi Fernand Braudel, toute une partie de la population portugaise est placée sous l'influence maritime. Tout un peuple de marins est prêt à prendre la mer. Le surplus de cette population va trouver tout naturellement un exutoire dans les grandes aventures et le commerce outre-mer. Les *barcas* portugaises, petits navires de cabotage de 20 à 30 tonneaux, aux voiles carrées, s'aventurent jusqu'en Flandre et en Irlande au nord, jusqu'aux îles Canaries au sud. La pêche aussi habitue l'homme à la mer et, de surcroît, elle apporte un complément appréciable à la nourriture de l'homme de la côte et même de l'intérieur, aussi bien en Castille que dans les Espagnes périphériques, Portugal inclus.

On peut penser que dans un pays reconquis depuis longtemps sur les musulmans, où l'économie est prospère, malgré

---

(6) F. BRAUDEL, *Civilisation matérielle, économie et capitalisme*, t. III, éd. Armand Colin, 1979, p. 114-118.

(7) F. BRAUDEL, *op. cit.*, p. 115

la peste noire, et où la démographie, après la peste noire, recommence à grimper, il y ait eu très vite un phénomène de surpopulation, bien connu dans cette prolifique nature, surtout en sa partie septentrionale. Cela pourrait expliquer à la fois le désir des pauvres d'aller chercher fortune ailleurs et le désir des cadets de famille de se constituer des seigneuries dans des terres lointaines. Enfin l'activité des villes et des ports d'une nation prospère y crée une bourgeoisie, encore accrue par l'immigration de commerçants étrangers et par le refuge qu'y trouvent les juifs et marranes chassés d'Espagne par l'Inquisition et par la politique des rois catholiques. Bourgeoisie active depuis longtemps puisqu'en 1385 elle fait à Lisbonne sa révolution et installe sur le trône une nouvelle dynastie, celle d'Aviz

> « (Cette révolution "bourgeoise") mit au premier rang une bourgeoisie qui "durera quelques générations" et ruina à moitié une noblesse terrienne qui ne cessera cependant pas de peser sur le paysan, mais qui sera prête à fournir pour le commandement et la tenue des places forte ou la mise en valeur des concessions foncières d'outre-mer les cadres nécessaires ; elle deviendra une noblesse de service (ce qui différencie d'ailleurs l'expansion portugaise de la colonisation purement marchande des Néerlandais) ». (8)

Les historiens du Portugal ont beaucoup discuté pour savoir si leur pays avait connu au Moyen Age un véritable régime féodal ou seulement un régime seigneurial. La conclusion penche pour le second terme de l'alternative encore que la distinction entre les deux ne soit pas toujours facile à faire (9). On sait que les structures féodales ont été souvent, à la fin du Moyen Age et à l'époque moderne, un frein à l'évolution et au progrès économiques. S'il en est ainsi, le Portugal, par son absence de régime féodal, était avantagé par rapport aux autres pays d'Europe, même par rapport à l'Espagne et à l'Angleterre dont le régime féodal était pourtant beaucoup plus restreint, beaucoup moins lourd que celui de France ou d'Allemagne.

Il ne faudrait pas, naturellement, exagérer la « modernité » et la puissance économique du Portugal à la fin du Moyen Age. Le Portugal n'avait pas la situation centrale au cœur de l'Europe

---

(8) F. Braudel, *op. cit.*, p. 115

(9) En principe le régime féodal règle les rapports entre nobles dans la hiérarchie féodale. Il est de caractère politique. Le régime seigneurial règle les rapports du seigneur avec les paysans de sa seigneurie. Il est de caractère économique.

ancienne et traditionnelle qu'avait l'Italie du Nord ou toute cette bande centrale du Continent que dans le partage de l'Empire de Charlemagne, on avait appelé la Lotharingie. Il n'était pas au centre de l'économie méditerranéenne ni de cette « économie-monde », si à la mode aujourd'hui chez les historiens. Il se trouvait à sa périphérie. A la fin du XIIIe siècle, les voyages des navires de commerce entre la Méditerranée et la Mer du Nord le touchent régulièrement. Les navires italiens qui vont à Bruges ou à Londres s'arrêtent à Lisbonne. Venise domine alors le trafic de la Méditerranée Orientale. Mais Gênes et Florence s'efforcent de développer leurs relations vers l'Ouest : Barcelone, Valence, les côtes du Maroc, Séville et Lisbonne qui devient ainsi, comme sa sœur espagnole, une sorte de place internationale, bien avant les Grandes Découvertes. Cela les prépare précisément à ces Grandes Découvertes. Les colonies étrangères y sont vite importantes, avec des familles de marchands comme les Lomellini, installés assez tôt à Lisbonne. L'influence génoise à Lisbonne peut expliquer la présence dans la ville d'un frère de Christophe Colomb et le fait qu'il y ait vécu lui-même assez longtemps.

Quel rôle exact ont joué ces étrangers dans l'expansion portugaise ? Pour Braudel, ils ont souvent profité d'une expansion dont ils craignaient, au départ, la concurrence. L'expédition de Ceuta en 1415, par exemple, ne semble pas avoir été menée, comme on l'a dit, à l'instigation des marchands génois, qui déjà installés dans les ports marocains, se sont montrés franchement hostiles à l'installation portugaise (10). Entre 1443 et 1482, les Portugais constituent cette « Méditerranée » de l'Atlantique Oriental qui va des Açores aux îles du golfe de Guinée, en passant par tous les archipels intermédiaires et de tous ces archipels à la côte du Portugal et à celle du continent africain. Méditerranée qui rapporte gros aux marchands et à l'Etat portugais. Mais les Génois, les Florentins (et même les Bretons et les Flamands pour la mise en valeur des Açores) y ont joué aussi un rôle appréciable. Le transfert des plantations sucrières de la Méditerranée orientale vers la Sicile, le Maroc, le sud de la Péninsule Ibérique, les archipels de Madère, des Canaries et du Cap Vert a été favorisé par les Génois. Les marchands italiens, allemands, flamands, déjà installés à Lisbonne, se sont associés au succès commercial de ce port. Ce sont eux qui financent les longs voyages de Gama et de ses successeurs vers les Indes Orientales. Le premier voyage de Gama date de 1497, l'occupation d'Ormuz de 1506, la prise de Goa

(10) F. BRAUDEL, *op. cit.*, p. 117

de 1510 et celle de Malacca de 1511. Le Japon s'ouvre aux Portugais en 1549 et Macao en 1557. Magellan, lui, envoyé vers l'Ouest par les Espagnols, n'atteint les Philippines qu'en 1521.

La précocité portugaise n'apparaît pas seulement par rapport à l'Europe, mais aussi, plus précisément, par rapport à l'Espagne. C'est pourquoi le roi du Portugal a renoncé à soutenir les projets de Christophe Colomb. Comment le faire au moment où Barthélemy Diaz, de retour à Lisbonne (1488), apporte la certitude qu'il est possible de passer de l'Océan Atlantique à l'Océan Indien. Certitude « scientifique » préférée à la chimère colombienne, comme le remarque encore Braudel. La pêche et la chasse à la baleine leur fait découvrir Terre Neuve en 1497 et le Brésil en 1500. Retard ? Mais quelle importance quand on a créé un grand empire maritime dans l'Océan Indien, qu'on s'y enrichit, qu'on attire ainsi à Lisbonne les plus riches marchands d'Europe, tout en s'installant à Anvers, avec une grosse factorerie, Anvers, le grand port, au XVIe siècle, de redistribution du commerce lointain dans toute l'Europe du Nord et du Nord-Ouest ?

Faut-il revenir sur le petit retard espagnol par rapport à la grande avance portugaise ? Deux pays aux destins souvent opposés, mais en même temps fort liés. Ce qui a aidé, avantagé les Portugais : une fin beaucoup plus précoce de la *Reconquista* (1249 au lieu de 1492), une préoccupation plus mercantile, même si le voyage de Pero de Covilhâ et Alfonso de Paiva déguisés en marchands, vers l'Orient et l'Ethiopie – le royaume du Prêtre Jean – a été guidé aussi par des préoccupations religieuses. Au roi marchand de Lisbonne, au Portugais marin, commerçant et agriculteur, on oppose une Castille continentale, occupée de ses problèmes intérieurs, flanqué d'un Aragon tourné encore profondément vers la Méditerranée, un peuple de soldats, de cavaliers, d'éleveurs, d'administrateurs, de juristes, de mystiques (11).

Pour le moment, la différence n'est pas grande. Elle le sera

---

(11) Comme le fait remarquer Yves Bottineau dans *Le Portugal et sa vocation maritime* (Paris, 1977, p. 101-102), l'esprit franciscain, avec sa conception optimiste de la création et son ouverture vers la nature et le monde, a pu encourager l'expansion portugaise sur les océans. Les Franciscains étaient nombreux au Portugal, à partir des années 1216-1218 alors qu'en Espagne ce sont plutôt les Dominicains qui sont nombreux et influents. Les rois portugais sont membres de l'Ordre des Tertiaires de Saint-François. Jusqu'à Jean II, les confesseurs du roi sont franciscains. Saint Antoine de Padoue était portugais. Christophe Colomb lui-même a été très influencé par la spiritualité franciscaine (cf. Alain Milhou, *Colon y su mentalidad mesianica*, Valladolid, 1983).

davantage quelques décennies plus tard, quand Charles Quint, bras droit du Pape, et chef temporel d'une chrétienté universelle, occupera un immense continent, le roi-marchand, lui, se contentant d'exploiter une riche bande côtière, la terre du bois de braise, où la canne pousse drue et aussi le tabac et le manioc, pour le grand commerce où ils relaient les épices des Indes orientales bientôt en déclin. Que font les autres grandes puissances, celles qui, par position géographique, devraient être maritimes : la France, les Pays-Bas, l'Angleterre ?

Pour les Pays-Bas, seule leur partie méridionale avec les Flandres, avec le port de Bruges et bientôt celui d'Anvers, auraient pu connaître au XVe siècle une extraordinaire expansion outre-mer. Mais une agriculture exceptionnellement productrice, une riche industrie textile, un artisanat multiple, un commerce prospère les occupent tout entières. Les routes de terre, les fleuves, le cabotage européen assurent les transports. Pays peuplé sans surpopulation, sans cadets de famille oisifs, sans *hidalguia* affamée. C'est seulement avec la Réforme et la guerre de 80 ans que les Provinces unies du Nord protestantes et mercantiles regarderont vers les terres lointaines. Mais c'est plutôt l'histoire du XVIIe que du XVIe siècle.

En Angleterre, la guerre de Cent Ans ne s'est terminée qu'en 1453. C'est seulement à cette date que ce pays renonce à ses ambitions continentales, européennes, françaises. Mais il retombe bientôt dans la guerre civile. C'est la guerre des Deux Roses (1455-1485). Ensuite il faut reconstruire le pays et garder l'œil sur le Continent pour que l'équilibre des forces s'y maintienne et qu'une trop grande puissance ne devienne menaçante pour Albion. Il faut intervenir en Irlande, en Ecosse, en France. Henri VII met au point un système reposant sur l'amitié avec la France et l'Ecosse, renforcée par une alliance avec l'Espagne et la Bourgogne. Mais tout cela a pris du temps. De plus il s'est efforcé de développer les relations commerciales déjà existantes avec les Pays-Bas, l'Allemagne, les Pays scandinaves, la Méditerranée. Or il disparaît en 1509 et son successeur, Henri VIII (1509-1547) est trop occupé par la politique intérieure, la politique extérieure et la politique religieuse pour s'occuper beaucoup de l'outre-mer.

Quant à la France, elle a subi, elle aussi, la guerre de Cent Ans et ses malheurs. Et même, beaucoup plus que l'Angleterre, sur son propre territoire. Ensuite c'est la reconstruction du pays sous la direction efficace de Charles VII et Louis XI. La France aurait pu alors se tourner vers l'Océan. Mais elle est riche d'une richesse d'abord rurale. Le peuple de France est plus tourné vers lui-même, vers sa terre que vers la mer, malgré l'immense façade maritime qu'il possède. De plus, une partie de cette façade est méditerranéenne. Et les intérêts français en Méditerranée sont encore considérables. D'où les guerres d'Italie, menées successivement par Charles VIII, Louis XII et François Ier, pour faire valoir leurs droits sur l'héritage du royaume de Naples, puis du Milanais auprès du roi d'Aragon et du Pape. Les villes italiennes prennent position dans l'un ou l'autre camp. Le conflit s'élargit sous François Ier et son successeur Henri II, et devient un affrontement avec l'Empereur Charles Quint. La lutte se terminera tard, en 1559, au traité de Cateau-Cambresis. On comprend qu'elle ait distrait la France de toute véritable politique maritime. Lorsque François Ier se plaint des effets du Traité de Tordésillas, c'est une plainte pour la forme qu'il émet. Il n'est aucunement question pour lui de se lancer dans la grande aventure outre-mer.

*

Et pourtant des Anglais comme des Français, avec ou sans l'appui de leurs souverains, ont tracé la voie ou les voies qui seront glorieusement suivies plus tard par les deux grands peuples colonisateurs, après les Ibériques. Pour ceux-ci, et plus précisément pour les Portugais, leur chance ou leur génie est d'avoir su profiter d'une situation géographique et d'une conjoncture historique exceptionnelles, grâce à une grande vigueur intellectuelle, reflet, conséquence et complément de leur vitalité démographique.

Frédéric MAURO.

GOA : CAPITALE DE L'EMPIRE PORTUGAIS D'ORIENT

« Velha Goa », ancienne capitale du petit territoire de Goa, enclavé entre la côte occidentale de l'Inde et l'Océan Indien, ne se distinguerait pas du reste du paysage local si les nombreuses églises qui émergent des forêts de cocotiers ne donnaient pas à cet environnement indien un accent tout à fait chrétien ; et le voyageur occidental qui visite cette partie de l'Inde ne peut qu'être saisi par cette vision inattendue des traces qu'un peuple européen a pu y laisser.

*

La venue de Vasco de Gama en 1498 à Calicut, sur la côte occidentale de l'Inde, marqua la première liaison maritime « directe» entre l'Inde et l'Europe, ce qui allait bouleverser le commerce de l'Océan Indien jusqu'alors dominé par les Musulmans. En effet, les Portugais arrivaient en marchands pour passer des traités de commerce avec les souverains locaux et installer des comptoirs sur cette côte du Malabar. En découvrant un « autre passage », ils portaient un coup fatal au vieux commerce des épices qui transitait par la Méditerranée jusqu'à Venise, via le détroit d'Ormuz et le golfe Persique, ou la mer Rouge. Mais les marchands musulmans, qui jusqu'alors avaient régné sur le trafic des produits orientaux, n'étaient guère disposés à se laisser dépouiller de leur fructueux négoce. Aussi, la mainmise portugaise sur le commerce des épices, au départ conçue comme une entreprise pacifique, prit très vite une allure guerrière et déboucha sur la mise en place d'un empire colonial en Inde dont Goa fut la pièce maîtresse.

Cette puissance coloniale fut établie essentiellement grâce à un homme, Afonso de Albuquerque (1453/1515), Gouverneur des Indes. Grand génie guerrier et politique, il comprit très vite que le Portugal, petit pays aux ressources limitées, ne pourrait tenir ce territoire immense avec sa seule politique de thalassocratie ; aussi devait-il, non plus seulement rester fort sur mer, comme l'avait proposé son prédécesseur D. Francisco de Almeida, premier

Vice-Roi, mais s'assurer aussi à terre les principales clés de l'océan Indien : il s'empara donc de Goa en Inde, d'Ormuz à l'entrée du golfe Persique et de Malacca à la porte de la mer de Chine. Ces points d'appui de première importance allaient permettre aux Portugais d'asseoir leur monopole commercial en Asie (1).

Occupée d'abord par le Royaume indien de Vijayanagar, Goa tomba en 1470 sous le joug des Bãhmanides, royaume musulman qui occupait le centre du Deccan et en 1488 sous le pouvoir des Sultans de Bijãpur. Goa jouait alors un rôle de premier ordre en tant que port d'importation des chevaux ; ces derniers arrivaient du golfe Persique et étaient destinés aux Royaumes musulmans du centre du Deccan, pour qui ils représentaient un élément essentiel de survie (2). Mais malgré sa conquête, le territoire de Goa restait un lieu de conflits permanents entre ces États. C'est en profitant de ces rivalités que Afonso de Albuquerque arracha Goa en 1510 au Sultanat de Bijãpur et en fit la capitale de l'Empire Portugais des Indes.

Par sa situation géographique, Goa était privilégiée : ce port bénéficiait d'une protection naturelle grâce à la chaîne de montagnes des Ghâts Occidentaux qui l'entouraient et se trouvait ainsi facilement défendable. De plus, la région était fertile et pouvait subvenir aux besoins d'une population importante. Goa bénéficiait ainsi des atouts nécessaires pour devenir capitale d'empire.

Un autre avantage, et non le moindre, fut pour Goa d'avoir à sa tête un homme tel qu'Afonso de Albuquerque. L'obstacle que représentait la disproportion entre les ressources du Portugal et l'immensité conquise était toujours présent, et Afonso de Albuquerque comprit que la consolidation de sa position de monopole devait passer par l'appui des populations locales. Aussi la Goa d'Albuquerque fut-elle une ville de grande tolérance à l'égard des Hindous : croyances et coutumes indiennes furent respectées. De plus, afin d'enraciner la présence portugaise, une politique très habile et tout à fait novatrice fut mise au point, favorisant les « mariages mixtes » entre Portugais et Indiennes converties au christianisme. Les nouveaux mariés recevaient une dot et des terres confisquées aux Musulmans (3). Par cette tactique, Afonso

---

(1) Jaime Cortesão : *L'expansion des Portugais dans l'histoire de la civilisation,* Imprensa Nacional, Lisboa 1983.

(2) Geneviève Bouchon : *Mamale de Cananor, un adversaire de l'Inde portugaise (1507-1528),* Éd. Honoré Champion, Paris/Genève 1975.

(3) Luís Filipe Ferreira Reis Thomas : « Goa, une société luso-indienne » dans *Bulletin des Études Portugaises et Brésiliennes,* Tome 42/43, 1981/1982.

de Albuquerque faisait d'une pierre deux coups : plus qu'un comptoir commercial, Goa devenait la « ville portugaise d'Asie » et dans le même temps il soumettait l'Infidèle musulman, souci presque atavique pour les Portugais.

La première Goa, celle du XVIe siècle, fut la Goa dorée tant vantée par les chroniqueurs de l'époque. Ces chroniques sont pour nous des témoignages précieux. Ainsi, grâce aux écrits laissés par les Portugais João de Barros, Castanheda, Damião de Góis, Diogo de Couto, le Hollandais Van Linschoten ou encore le Français François Pyrard de Laval (pour n'en citer que quelques-uns), pouvons-nous imaginer aujourd'hui ce qu'a été alors cette ville : « plus peuplée que ne l'est alors Paris ou Londres, elle compte plus d'ambassadeurs que Lisbonne... et il serait impossible d'énumérer tous les noms des rues, places, églises, monastères, palais et autres singularités de Goa ; mais on peut dire que tout y est en général bien ordonné » ; marchande et cosmopolite, « tous les marchands et métiers ont leur rue, ce qui est d'une grande commodité car lorsqu'on cherche quelque chose, on n'a qu'à choisir la rue... La grande rue Direita, qui va de la rive du fleuve, où se trouvent les vastes magasins de la Douane, jusqu'au centre de la ville, n'est qu'un immense marché où l'on trouve toutes sortes de marchandises en sus des esclaves : chevaux de Perse et d'Arabie, « espiceries », pierreries, vases d'agate, ouvrages de laque, soies, porcelaines... tandis que trafiquent activement les changeurs. Des deux côtés de cette rue s'étalent lapidaires, orfèvres, banquiers, les plus riches et meilleurs marchands de Goa, tous Portugais, Italiens, Allemands et autres Occidentaux » ; Goa était aussi luxueuse : chaque monument avait une allure de palais, tel « l'Hôpital Royal, réservé aux soldats, qui paraît être un grand palais et est le plus beau qu'il y ait au monde avec ses portiques, ses allées, ses jardins où se promènent les malades. Réglé et gouverné par les Jésuites, les serviteurs sont des Indiens convertis au christianisme. Tous les malades y sont très bien traités : chacun a sa chambre, est couché sur des matelas en taffetas et coton, est bien nourri et servi dans des plats en porcelaine fine... Il y a une grande quantité de médecins, de chirurgiens et d'apothicaires qui visitent les malades deux fois par jour et cet hôpital compte quinze cents lits, quoiqu'on n'y recoive ni les Indiens ni les femmes qui ont des hôpitaux à part... ». A côté, se trouvait le palais de la Sainte Inquisition, tout aussi somptueux. Car, d'ailleurs, c'est à Goa que fut créée la première chaire de Médecine au collège jésuite de

Saint-Paul « qu'en 1568, plus de trois mille étudiants fréquentaient » (4).

La ville était gouvernée par un Vice-Roi, désigné par le Roi du Portugal ; il restait en poste trois ans et avait tous les pouvoirs durant cette période.

Si le commerce était très florissant à Goa, François Pyrard de Laval note également que « le nombre des églises y est merveilleux et il n'y a pas place, rue, carrefour où il n'y en ait pas quelqu'une ». Goa « la Rome de l'Orient » se couvrit de monuments sous l'impulsion des ordres religieux.

*

Dès 1517, les Franciscains s'établirent à Goa et les Dominicains leur succédèrent à trente et un ans de distance. L'ordre missionnaire qui devait laisser la plus forte empreinte est celui des Jésuites : Saint François Xavier qui fut l'Apôtre des Indes, arriva à Goa le 6 mai 1542 et son corps repose encore aujourd'hui dans l'église du Bon Jésus. Ordre enseignant, les Jésuites vont développer séminaires, écoles, universités, comme par exemple le Collège Saint-Paul, qui fut la première université de médecine de toute l'Inde. Par le biais de l'enseignement, les Jésuites attiraient ainsi à eux l'élite locale en même temps qu'ils développaient la culture occidentale sur cette terre asiatique. Ils comprirent que pour mieux réaliser leur dessein, c'est-à-dire l'évangélisation des peuples indigènes, ils devaient s'intégrer et donc s'adapter : ainsi verra-t-on des Jésuites vivre en ascètes brahmanes pour mieux convertir les membres de cette caste, première dans la hiérarchie des castes hindoues.

Il est vrai que l'expansion missionnaire des Portugais bénéficia très tôt d'un « Droit de Patronage » en Orient. Ce « Droit de Patronage » consistait en un ensemble de privilèges, conféré par l'Église aux Rois du Portugal, en remerciement des services rendus pour la propagation de la foi. Parmi ces faveurs, on peut noter que « la navigation sur les mers des découvertes était réservée aux navires portugais afin d'éviter que d'autres n'apportassent des armes aux Infidèles, et la Couronne Portugaise pouvait construire en Orient, églises, monastères et autres lieux saints... » Il s'agissait bien là de privilèges vastes et extraordinaires. Il faut dire que dans

---

(4) F. PYRARD de LAVAL : *Voyages de François Pyrard de Laval, contenant sa navigation aux Indes Orientales, Maldives et Brésil*, Édition Louis Billaine, Paris, 1679.

leur croisade pour convertir l'Infidèle, les Portugais rendaient service au Saint-Siège, qui trop occupé par les affaires de Rome et de l'Europe ne pouvait, matériellement parlant, songer à convertir les Infidèles (5). Ceci allait de surcroît dans le sens de la Contre-Réforme (Concile de Trente, 1545-1563) en compensant la perte d'une partie de l'Europe par la conquête du monde. En 1533, dans le cadre de ce « Droit de Patronage », le Pape Clément VII érigea Goa en diocèse, le premier de l'Orient ; son autorité s'étendait du Cap de Bonne Espérance jusqu'à la Chine, espace épiscopal sans doute le plus vaste de toute la chrétienté. En 1557, Goa fut élevée au rang d'archevêché.

Pour mieux évangéliser, on construisit beaucoup et dans un style tout à fait monumental. Dans cette frénésie de constructions se conjuguaient pour les Portugais, d'une part la nécessité d'impressionner favorablement les populations locales et d'autre part le désir de satisfaire à l'esprit de la Contre-Réforme. Le long Concile de Trente avait réorganisé la vie catholique : les Jésuites en étaient les porte-paroles privilégiés à travers le monde et ils devaient le montrer.

Véritables architectes-bâtisseurs-missionnaires, ils emportaient dans leur voyage les plans, voire les maquettes, des édifices religieux qu'ils voulaient reproduire. Les modèles venaient de Rome et de Lisbonne. Ainsi retrouve-t-on à Goa les modèles jésuitiques tel le célèbre Bon Jésus avec son plan type « église-rue » mis au point à l'église Saint-Roch, siège de la Compagnie de Jésus à Lisbonne. Ce plan, typiquement jésuitique portugais, est caractérisé par un grand rectangle avec un transept peu saillant et des chapelles latérales peu profondes et correspondait bien à l'esprit de la Contre-Réforme qui donnait une importance toute nouvelle au culte et au sermon.

Si différents types de plans furent exportés en Inde, ce type jésuitique fut celui qui eut la plus grande descendance ; sa simplicité fut peut-être une des raisons de son succès car il devenait ainsi facilement réalisable n'importe où (6). Unique à Goa, citons encore l'église Saint-Gajétan qui est la réplique exacte de Saint-Pierre de Rome. Doit-on voir dans cette grande entreprise tardive un sursaut de magnificence au moment où Goa commence à s'effondrer ?

---

(5) António da Silva Rego : *Le patronage portugais de l'Orient*, Agência Geral do Ultramar, 1957.

(6) Pierre Leglise-Costa : Catalogue de l'exposition : *La circulation des formes architecturales – XVI / XVIII – dans les pays de langue portugaise*, 1985/1986.

Si les plans venaient d'Europe, l'ampleur des programmes était telle que l'on dut faire appel à la main-d'œuvre locale. Celle-ci bénéficiait déjà d'une longue tradition artistique et imprégna peu à peu les styles originels d'une touche exotique. Cette adaptation au goût local affecta d'abord la décoration, qui évolua plus vite vers l'hybridité que la structure ; par exemple, dans l'église Saint-François d'Assise, on découvre que les anges, qui décorent le plafond, sont vêtus de saris. Par ailleurs, « l'horreur du vide » typiquement indienne est très nette sur tous les monuments et conduit à un remplissage excessif des surfaces qui peut aller jusqu'à la surcharge.

Ce syncrétisme ne se limita pas seulement à l'architecture, il toucha aussi les arts décoratifs. Le mobilier, par exemple, est tout à fait représentatif du métissage des influences : les commandes qui provenaient généralement de la noblesse portugaise ou des ordres religieux favorisèrent à Goa la production d'un mobilier de forme portugaise, comme le « contador » par exemple : coffre à poignées latérales et multiples tiroirs recouverts par un abattant, très utilisé au Portugal à l'époque des découvertes pour son côté pratique. En effet, les Portugais s'en servaient soit comme coffre de voyage, soit comme meuble de maison, qu'ils posaient alors sur une console.

Mais si la conception était plutôt européenne, l'iconographie devait beaucoup à l'Inde, comme la technique du décor, avec ses incrustations de matériaux nouveaux : ivoire, argent, nacre et bois précieux. Même hybridisme pour les ivoires sculptées mettant en scène toute l'hagiographie occidentale ainsi que la Sainte Famille.

L'abondance de ces représentations témoigne encore aujourd'hui de l'engouement de l'époque : l'Enfant Jésus a souvent les yeux bridés et mi-clos du Bouddha en méditation et la Vierge Marie affecte un déhanchement typiquement indien. Ainsi se développa l'art dit « indo-portugais » dont l'originalité procède de cette symbiose entre l'apport européen et la tradition locale.

*

A la première Goa, riche, marchande et tolérante, en succèda progressivement une autre dont la qualité de capitale d'Empire devait en quelque sorte se retourner contre elle pour l'entraîner insidieusement vers son déclin, qui s'affirma dès la seconde moitié du XVIIe siècle.

Diverses raisons semblent s'être liguées à partir du début de ce siècle pour conduire au déclin de l'Empire Portugais en Orient. D'une part, l'aristocratie répugnait à se mêler de gestion, et d'autre part, la démesure de l'Empire face aux ressources humaines de la Métropole entraîna très vite le manque de techniciens financiers et commerciaux. Un fait majeur : la perte de l'indépendance du Portugal qui précipita la décadence des colonies. En 1581, un an après l'annexion de la Couronne Portugaise, l'Espagnol Philippe II ferma le port de Lisbonne aux Hollandais qui venaient y chercher les épices pour les redistribuer sur les marchés européens. Cette décision sonna le glas de l'Empire Portugais en Orient car les Hollandais décidèrent alors d'aller chercher eux-mêmes les produits en prenant aux Portugais leurs centres de production. C'est ainsi que disparut quasi complètement la « Compagnie des Indes Portugaise » au profit de la « Compagnie des Indes Hollandaise ». La guerre fut acharnée et entraîna la dislocation de l'Empire Portugais en même temps qu'elle épuisait les ressources du Portugal en hommes et en navires. Lorsque le Portugal reconquit son indépendance en 1640, sa puissance coloniale était déjà complètement disloquée.

D'autre part, la soumission à l'Espagne entraîna pour le Portugal un accroissement de l'intolérance. L'Inquisition se fit plus présente : elle avait déjà appauvri la Métropole des Maures, des Juifs et de beaucoup de « nouveaux Chrétiens ». L'expulsion des Juifs du Portugal, due essentiellement au roi Jean III (1521/1557), provoqua l'affaiblissement des grands pouvoirs marchands, ce qui se répercuta sur le trafic commercial des Portugais. De plus, l'impérialisme commercial des premiers temps fit place peu à peu à une sorte d'impérialisme religieux. Si dans les autres possessions portugaises comme Damão et Diu, les Indiens semblent avoir conservé leur liberté de culte, il n'en fut pas de même à Goa : par exemple, les procès portés devant l'Inquisition à Goa furent plus nombreux pour cette ville que pour les autres comptoirs portugais.

Pourquoi ce prosélytisme soudain ? L'esprit de la Contre-Réforme était sûrement en cause, mais peut-être aussi était-ce pour les Portugais une façon de compenser leur affaiblissement commercial. A Goa, la politique de répression atteignit son apogée à la fin du XVIIe siècle : c'est l'époque de la fermeture et de la destruction des temples hindous.

Simultanément, le Portugal prenait le « tournant atlantique », devant le développement plus que prometteur de l'industrie du sucre au Brésil, qui sera à la base de l'Empire Portugais dans l'Atlantique. La prospérité économique du Brésil ne fit qu'accentuer le désintérêt lusitanien pour l'Orient.

Comme par un acharnement du sort, dès la fin du XVIIe siècle, les épidémies et les fièvres imposèrent le déplacement de la ville de Goa dans le lointain faubourg de Panjim, où l'air était plus sain : il fut alors décidé que là serait la capitale et qu'elle prendrait le nom de « Nova Goa » pour la différencier de « Velha Goa ».

En 1661, Bombay passait aux mains de l'Angleterre, cédée par la Reine Régente Dona Luisa à Charles II, en dot de l'Infante Catarina de Bragança, future reine d'Angleterre, dont on dit, qu'elle apporta aux Anglais le cérémonial du thé et l'usage du parapluie... Deux ans plus tard, les Hollandais s'installaient à Cochin et en 1670, venus de Mascate, les Maures s'emparaient de Diu (que les Portugais devaient récupérer au XVIIIe siècle).

Si Goa restait portugaise, l'Empire Portugais d'Orient s'écroulait. Goa restera officiellement portugaise jusqu'en 1961, date à laquelle l'armée indienne s'en empara, face aux Portugais qui n'opposèrent qu'une résistance symbolique. Par un référendum organisé le 19 janvier 1967, la population goanaise rejeta son incorporation à l'État du Maharashtra pour sauvegarder son originalité dans le cadre d'une union territoriale regroupant les anciennes possessions portugaises – Goa, Damão et Diu – au sein de l'Union Indienne.

La Goa d'aujourd'hui

Que reste-t-il aujourd'hui de l'influence portugaise en Inde ?

Tout d'abord faut-il préciser qu'elle ne s'exerce plus guère que sur la surface limitée du territoire de Goa et des petites villes de Damão et Diu, situées toutes deux au nord de Bombay.

Le chemin naturel pour parvenir à Goa passe par Bombay, capitale du Maharashtra, située 600 kilomètres plus au nord. De là, 24 heures de train, de voiture, de bateau, ou plus simplement 3/4 d'heures d'Airbus du service régulier d'Air-India amènent le touriste au paradis goanais : l'avion longe la côte occidentale de l'Inde, plein sud, avant de survoler en finale les immenses plages blondes où l'on peut déjà repérer la bordure de cocotiers. La base aérienne militaire le long de la piste rappelle, s'il en était besoin, que Goa fut reconquise sans gloire pour des raisons électoralistes sur un Portugal salazariste et épuisé en décembre 1961.

Une heure de voiture encore et l'on arrive à Panjim ou « Nova Goa » qui constitue la capitale du nouveau territoire annexé à l'Union Indienne. Très active, cette ville est installée sur la rive gauche du fleuve Mandovi à proximité de son embouchure. Plus en amont, un gigantesque pont suspendu traversait le fleuve et permettait le passage vers la province de Bardez au nord du territoire. Il s'est effondré à la fin de 1986 et ne sera reconstruit qu'en 1990. Panjim est animée, grouillante de monde aux heures de sortie du travail, bruissante de tous les moteurs et des klaxons d'une cité indienne. Quelques palais du XVIIIe rappellent le Portugal avec leur longue façade plane très simple et leurs « toits en ciseaux » dont l'origine alimente encore les controverses des historiens d'art : Afrique Noire, Portugal ou Inde ? Certains de ces palais abritent diverses administrations, la très riche Bibliothèque municipale ainsi qu'une sorte d'Académie, l'Instituto Vasco da Gama, aujourd'hui rebaptisé Instituto Menezes Bragança. Il ne reste à citer que l'église de l'Immaculée Conception qui surplombe la ville de son élégante façade à deux tours, juchée au sommet d'une volée d'escaliers croisés complexes, typique du baroque portugais ; c'est « l'escadório » qui fut exporté aussi au Brésil. Celui de Pangim a cela de particulier qu'il fut le dernier de ce type à avoir été construit dans le monde portugais.

L'hôtel Mandovi est là, au bord du fleuve, garantie du charme passé ; sa librairie est riche d'ouvrages sur Goa. De Panjim à Velha Goa, une jolie route assez droite longe le Mandovi : dix kilomètres et une dernière montée donnent accès à la Tour Augustine, haute tour carrée fendue en sa hauteur, seul vestige du couvent des Augustins dont elle formait l'ornement. Elle défend le plateau sur lequel est établi le site de Goa : de la Concorde à l'Étoile, une surface grande comme les Champs-Élysées où demeurent dressées une dizaine d'églises et de bâtiments religieux monumentaux, le tout au milieu d'une végétation luxuriante où quelques cocotiers balancent leurs palmes au-dessus des toits ; seuls ces bâtiments et quelques vestiges donnent à imaginer ce que fut la splendeur de cette « Rome de l'Orient », et la qualité de la restauration actuellement entreprise efface l'impression de ville-fantôme : trouver ici Lourdes ou Fatima rend difficile d'imaginer qu'y ont vécu trois cent mille personnes au XVIe siècle, attendant les caravelles sur le quai du Mandovi, au pied de l'Arc de Triomphe du Vice-Roi. Des marins, des soldats, des marchands, des nobles et leur petite cour, des religieux, des musulmans enturbannés, des indigènes et probablement déjà les femmes et les premiers enfants des mariages mixtes favorisés par Albuquerque... Peut-être seules les grandes cérémonies religieuses qui s'y déroulent encore pour fêter Noël ou Saint-François Xavier pourraient restituer quelque bribes de la splendeur passée.

A droite un grand couvent abrite les services civils et religieux de la conservation du site et jouxte la célèbre église des Jésuites : le Bon Jésus. C'est un jésuite indien qui est chargé de la protection du site : il est savant et polyglotte. Dans ce même couvent, on peut visiter la modeste cellule de François Xavier.

A Goa, François Xavier est partout chez lui, ou plus précisément il habite tout : il est vrai que le corps du saint, qui mourut durant sa campagne d'évangélisation de la Chine en 1552, dans l'île de Sancian, fut ramené en bateau à Goa pour des raisons à la fois religieuses et politiques. Compte tenu de l'immense popularité du saint, il importait que Goa perpétue ainsi sa position de capitale d'Empire en devenant lieu de pélerinage. La châsse où il repose provient d'une commande portugaise à des orfèvres italiens qui la réalisèrent grâce aux métaux précieux provenant de l'Inde ; les artisans locaux y ajoutèrent un travail exotique comme les nombreux petits miroirs. Ces influences diverses en font un monument riche et extravagant.

Depuis que la châsse qui abrite son corps momifié trône à cinq mètres du sol dans l'église du Bon Jésus, tout se rapporte ici à lui. Déjà les gouverneurs portugais venaient jadis poser à ses pieds, quand ils s'absentaient leur bâton de commandement, sûrs que personne ne viendrait s'en emparer ; aujourd'hui encore il n'est pas un autobus dont la cabine ne s'orne de son portrait, à côté de ceux de Shiva et de Ganesh, le dieu à tête d'éléphant. Et quand les Portugais à leur départ voulurent emporter avec eux la châsse du saint, les Goanais, toutes religions confondues, Musulmans compris, s'y opposèrent.

Face au Bon Jésus, un immense ensemble formé par la Sé, cathédrale d'une blancheur éclatante, qui a perdu l'une de ses tours, accotée à l'église de Saint-François d'Assise couverte de fresques et de tableaux, racontant la vie du poveretto *; elle présente un magnifique portail manuélin, l'un des rares vestiges de la toute première période de construction à Goa. Elle borde le couvent des Franciscains qui abrite maintenant le musée. A l'opposé, l'église de Saint-Gajétan, plus tardive (1651), copie de Saint-Pierre de Rome, proche du palais de la Sainte Inquisition, actuellement en ruine, et plus loin, déjà perdues dans la jungle, quelques arches de l'ancien collège Saint-Paul.*

Revenant vers Panjim, toujours sur le site, perdue dans les fleurs, la chapelle Sainte-Catherine, puis plus loin les arcs-boutants du couvent de Sainte-Monique, au contact de l'église de Saint-Antoine et en face de l'hospice de Saint-Jean-de-Dieu.

Éclairé par le soleil couchant, reste encore à trouver le joyau de Velha Goa, la petite chapelle du Rosaire sur son promontoire dominant le fleuve : émouvante de simplicité malgré les cordages torsadés de sa façade, elle commémore la victoire d'Albuquerque sur les Musulmans en 1510 et l'implantation des Portugais sur le site.

Quelle saisissante opposition entre la Goa des chroniqueurs de l'époque dorée et la ville-fantôme qui en reste aujourd'hui ! De la ville elle-même, il ne subsiste en effet que quelques murs, l'Arc des Vice-Rois, ainsi nommé car ceux-ci entraient à Goa par cette porte pour prendre possession de leur charge : et c'est tout.

Goa est sans doute la seule ville morte où, toutes les maisons ayant disparu, il ne reste debout que les églises. Aujourd'hui très blanche, Velha Goa est en pleine restauration menée depuis cinq ans environ avec beaucoup d'énergie et de conviction.

Au nord, la province de Bardez où hormis les plages magnifiques qui marquent la côte au-dessus de Fort Aguada, et les hôtels de luxe qui étalent leurs bungalows dans un paysage de rêve, au bord de la mer chaude du golfe d'Arabie, il faut signaler la présence du « Xavier Center of Historical Research » *où sont conservés, dans une très importante bibliothèque, beaucoup de documents de l'épopée lusitanienne en Orient, sur lesquels travaille une équipe de jésuites ; cet Institut a vu le jour sous le patronage du* « Heras Institute » *de Bombay à la suite du premier Séminaire International d'Histoire Indo-Portugaise, qui s'est tenu à Goa en novembre 1978. Il reste encore à découvrir dans cette province une profusion d'églises d'inspiration portugaise.*

Plus bas, au sud de Velha Goa, le séminaire de Rachol où sont éduqués les prêtres du diocèse : bâtisse monumentale et silencieuse où l'on peut voir, toujours en place aux fenêtres donnant sur le jardin intérieur, les écailles d'huîtres taillées et translucides qui servaient de vitres dans tout Goa. Dans la même région, à Loutulim, plusieurs maisons civiles, appartenant aux grandes familles : impression délicatement douloureuse de la nostalgie qui étreint les vieilles familles goanaises, heureuses pourtant de s'exprimer en portugais et comme en attente du miracle qui rendra à leur vieux mobilier le lustre d'antan.

Cette impression de temps suspendu, comme arrêté, on peut la retrouver plus forte encore à Chandor, au sud de Margão dans la province de Salcete. Perdue dans la campagne écrasée de soleil, une charmante petite bourgade de province d'où la vie semble s'être complètement retirée : d'immenses maisons à allure de palais avec salle de bal et mobilier colonial indo-portugais, grandes glaces et lustres de Venise qui évoquent, avec la présence comme endeuillée de leur propriétaire, le château de la Belle au Bois Dormant.

*

Où demeure encore l'influence portugaise ? En fait, elle est insidieusement partout : dans le nom des goanais : Da Silva,

Da Costa, Pereira, Do Rego,... qui leur rappelle leurs origines même s'ils ont souvent oublié la langue, tiraillés entre l'anglais et le konkani, la langue locale ; mais aussi dans la religion, dans leur catholicisme aussi fervent que particulier : très caractéristique de la société chrétienne de Goa, sa division en castes qui ne se retrouve pas dans les autres établissements chrétiens portugais de l'Inde, souvenir des conversions massives qui laissaient intacte l'organisation sociale préexistante. Autre souvenir de l'époque, l'élite cultivée jadis chérie des Jésuites que constituent encore aujourd'hui les brahmanes chrétiens, est à l'origine d'une littérature assez abondante en langue portugaise.

Somme toute, on peut bien avancer que c'est l'influence portugaise qui a cimenté l'unité goanaise, même si, depuis le début du siècle, ce fut parfois dans la lutte contre elle : il faut bien tenir compte de ce référendum qui en 1967 a confirmé ce sentiment d'unité contre l'annexion par le Maharashtra.

En conclusion, l'on peut se demander quel sera le futur de cette enclave après une si longue période d'oubli.

Elle avait partagé avec le Portugal le crépuscule de l'Empire, la nuit du salazarisme et des luttes coloniales. La diaspora goanaise avait commencé dès le XVIe siècle et atteint son apogée au XVIIe vers le Mozambique et le Portugal : c'est un phénomène élitiste qui continue aujourd'hui mais il s'est en partie tourné aussi vers l'Inde, et via l'Inde vers les pays de langue anglaise et les Émirats du golfe Persique. L'Inde s'est emparée à la hussarde d'une Goa, fille métisse préférée de son lointain parent portugais : elle n'avait d'yeux que pour lui, mais le vieux père n'a pas pu empêcher la nature de reprendre ses droits... Le nouveau couple s'est bien un peu boudé, mais vingt-cinq ans n'ont pas émoussé leur attrait mutuel pour la différence : pour Goa l'immensité de ce continent à reconnaître et à conquérir, pour l'Inde, un débouché touristique de classe internationale qui fait déjà les délices de ses jeunes mariés (et celles de quelques hippies occidentaux en mal de Katmandou perdu !), un patrimoine intellectuel, culturel et artistique qu'elle commence à mettre délibérément en valeur.

Enfin comment passer sous silence le patrimoine linguistique ? Le premier Congrès International de la Langue Portugaise dans le Monde qui s'est tenu en juin-juillet 1984 à Lisbonne a vu les communautés goanaises, entre autres communautés orientales, revendiquer leur appartenance à la langue.

Martine Guigaz et Jean-Pierre Amiot.

MACAO, CITÉ AMBIGUË AUX PORTES DE LA CHINE

Puisqu'il s'agit ici de célébrer l'épopée lusitanienne, on peut y contribuer en évoquant le destin de ce tout petit comptoir des mers de Chine qui eut tant d'importance pour la mère-patrie... et pas seulement pour celle-ci.

Macao à l'atmosphère si particulière, féerique, Macao, mirage aux portes de la Chine, cité ambiguë qui joue avec l'imaginaire, qui brouille son image, ville soumise aujourd'hui à la modernité incontournable, qu'en est-il de ses différences ? Saura-t-elle en jouer à l'avenir, avec la même habilité, la même persévérance ?

Étrange ville, maillon le plus lointain de ce Cinquième Empire qu'avait tissé le petit Portugal à travers le vaste monde, maillon aux portes de la Chine à laquelle l'agglomération n'est reliée que par un mince isthme sévèrement gardé. Étrange ville dépourvue d'arrière-pays, au port ensablé, sans aéroport : on l'aborde en vedette rapide à partir de Hong-Kong – un autre monde – ou par un long cheminement quand on vient de Canton dûment muni d'un visa, par une route aux innombrables transbordements : Macao, situé à l'embouchure de la rivière des Perles.

Lieu privilégié où tout se bouscule : passé portugais inscrit dans la pierre, présent chinois bouillonnant de vie, modernité timide des quelques gratte-ciel imitant Hong-Kong, mythe qui joue avec notre imaginaire – Guerre de l'Opium, Macao, enfer du jeu. Et pour finir, l'ambiguïté d'un état de fait politique, celui d'un territoire chinois administré par les Portugais, aujourd'hui encore. Qui dit mieux ? Et tout cela sur cinq petits kilomètres carrés.

MACAO, VILLE DE MARCHANDS ET DE MISSIONNAIRES

En débarquant en 1498 à Calcutta après avoir longuement contourné l'Afrique, Vasco de Gama n'ouvre pas seulement une nouvelle voie maritime ; il offre à son pays des possibilités d'échange insoupçonnées avec l'Orient. Les richesses du Japon, du mythique Cathay, sont à ceux qui osent l'aventure, peu soucieux de conquête et de domination. Quand Baltazar Alvares fonde en 1513 Macao – Amagao, Amacon, Aomen, ville de la Déesse –, c'est en aventurier et commerçant et non en conquérant. Et comme les voies marchandes ainsi conquises se trouvaient alors pour la plupart entre les mains des Arabes, l'avancée amorcée se teinte d'une victoire contre l'Infidèle : satisfaction et excuse à la fois ! Marchands et missionnaires emprunteront longtemps la Route de l'Extrême-Orient, souvent dans les soutes des mêmes navires, se combattront parfois, mais resteront toujours les ambassadeurs privilégiés, complémentaires, du lointain Portugal.

MACAO, PORTE DE LA CHINE

Macao : la plus ancienne base européenne en Extrême-Orient. 1556, 1557 ? Les navigateurs portugais obtiennent le droit de s'établir à l'embouchure de la Rivière des Perles en remerciement d'avoir débarrassé la Mer de Chine des pirates qui l'infestaient et le Roi du Portugal prend alors le titre de *Rei de Portugal, do Algarve, da Africa, das Indias e do Oriente.* Accord pacifique, favorable aux deux contractants : les Chinois, désireux de s'ouvrir à l'Occident mais empêchés, sous peine de mort, de quitter leur territoire ; les Portugais, soucieux d'échanger le coton de l'Inde, les épices malais, l'argent, l'or, les laques du Japon et à la recherche d'un comptoir en terre étrangère. La ville devient ainsi une escale obligatoire pour les missionnaires et les voyageurs, les négociants et les militaires, un pôle de diffusion actif de connaissances et de contacts. C'est par Macao que transitent les cultures dites américaines – manioc, taro, igname, patate douce, arachide – qui révolutionneront l'agriculture des régions impropres à la riziculture ; c'est à Macao que la première imprimerie occidentale en Chine édite dès avant 1600 les fameux « incunables d'Extrême-Orient » ; c'est là que se trouvent les premières et seules fonderies de canon, c'est là que s'installent les douanes chinoises. Et le Grand Séminaire, toujours en activité, a vu passer François d'Assise, le Père Ricci et tant de Jésuites en route vers la Chine pour essaimer la foi et les sciences européennes. Luís de Camões n'aurait-il pas rédigé ici une partie essentielle de ses *Lusiades* ? On n'en est pas tout à fait sûr, mais un musée rappelle son souvenir ainsi qu'une grotte, lieu de pèlerinage pour ses admirateurs.

Chine omniprésente et pourtant lointaine que seule une faille permet de saisir. La « porte de l'Encerclement » fut dressée dès 1573 par les Portugais désireux de marquer les limites de leur territoire, porte bien gardée que l'on vient aujourd'hui encore regarder et photographier.

Macao la lointaine

Il fallait deux ans au navire annuel – seul lien avec la mère-patrie – pour atteindre Macao. Vingt-quatre mois au cours desquels l'image du Portugal s'estompait lentement pour devenir celle d'un rêve, d'un mirage, d'une légende. Rarement l'assimilation fut aussi complète, n'abandonnant aux racines profondes que le parfum d'une culture diffuse, des attaches à un passé, à une patrie, culture en opposition à celle des peuples environnants. Le métissage se fait de lui-même, en toute égalité. Une mère le plus souvent chinoise – gage de tradition –, un père qui transmet le nom, et ce ne sont pas les « orphelines du roi », jeunes filles pauvres envoyées par bateaux entiers pour suppléer au manque de fiancées, qui changeront grand-chose à l'évolution des faits.

Métissage et autonomie fièrement revendiquée car l'éloignement enlève tout pouvoir au centre lointain. Au *Leal Senado* toute sa puissance. Il y a peu, il traitait en égal avec les officiels chinois. C'est lui – les habitants de Macao et ses représentants – qui surent repousser envahisseurs français, hollandais, danois, suédois, américains, espagnols, avides de tenir le « port aux Caravelles d'Argent », plus tard la « Suisse de l'Extrême-Orient ». C'est lui qui rejette le dominateur étranger quand l'Espagne occupe en 1580 le Portugal, refusant le fait accompli : *Cidade de nome de Deus de Macao nao há outra maís leal*, il n'est pas de cité plus loyale.

Collage, symbiose et détournement

Que reste-t-il de ce passé lointain, d'une culture transplantée sous des cieux si différents ? Les bulldozers seraient-ils arrivés à détruire, comme à Hong-Kong, Singapour ou ailleurs, une cité bâtie sur un plan rigoureusement portugais, auraient-ils démoli jusqu'aux fondations les vieux palais, témoins de temps glorieux, les modestes maisons des pionniers du bout du monde ?

Le long déclin, commencé en 1640 avec la fermeture aux Portugais du port de Canton, a su préserver un pan du passé, donner à Macao cette atmosphère unique, précieuse, à nulle autre pareille. Et l'actuel développement économique, incontestable, n'est heureusement pas encore venu à bout de celle-ci.

Une atmosphère faite de collages, de juxtapositions, de symbiose. Senado Leal, Santa Casa de Misericórdia, Colégio Santa

Rosa de Lima, Banco Nacional Ultramarino sont quelques-uns des édifices nommés et bâtis par la mère-patrie... Bâtis par le Portugal ? Pas tout à fait. Le modèle, le rêve fut portugais, l'exécutant chinois, peu soucieux du détail. Quelle colonne cannelée, quel pinacle, quel chapiteau en acanthe a pu résister aux habitudes, à l'invention d'un artisan local ? L'ancien palais abrite une ribambelle d'enfants, tous chinois ; telle maison des années 30, cossue, très « Art Nouveau », s'ouvre largement sur la rue : trois générations de Macanéens enlèvent avec agilité les coquilles d'une montagne de crevettes. On travaille jour et nuit, à même la rue – espace privé, espace public, peu importe. La vie colonise le moindre recoin libre, en détourne la fonction. Fronton portugais... publicité chinoise. Plaque de ruelle en *azulejos* d'un bleu éclatant... inscription dûment transcrite en idéogramme. L'ancien club militaire est de style mauresque, mais, à ses pieds, le marché est typiquement chinois. Les étroites ruelles grouillent de monde. A Macao on marche à pied – les dimensions de la ville y invitent et de tradition, une « classe moyenne » portugaise a su paver les rues à l'européenne à la différence des colonies voisines où le coolie marchait dans la boue et le lord se faisait transporter.

Le néon clignote, le marbre est souvent faux, les divinités de l'autel domestique sont en plastique ; le kitsch s'infiltre partout, à l'aise, comme allant de soi. Les anciennes richesses coloniales achèvent leur naufrage, adaptées, adoptées, digérées, survivant parfois en fragments épuisés. Vie et mort. Les valeurs ternissent vite à Macao, enfouies sous la rouille, le laisser-aller, la végétation, mais renaissent sous une autre forme, bâtardes, plus fortes, ailleurs, différentes. Collage de deux, non de trois cultures : le vieux, le vernaculaire, le moderne. Leur coexistence, leur intégration contribuent grandement au caractère hétérogène de la cité, à ces caractéristiques uniques de complexité et de vitalité.

Naufrage de la latinité aux portes de la Chine ? Naufrage de l'ancien face à la modernité envahissante ? Le sky-line de l'avenida da Amizada est d'architecture médiocre ; pourtant ses immeubles se taillent déjà de fortes parcelles dans l'ancien tissu urbain. Une colonne torsadée disparaît sous l'exubérance de plantes tropicales, les typhons, l'air salé, la corrosion partout apparente ont fait le reste. Quelle sorcière a malaxé le tout, accrochant là une feuille d'acanthe, par ici des dragons, entourant par là des rangées de balcons d'inimitables grillages ; quelle sorcière a piqueté de climatiseurs suintants ce palais baroque ; quelle sorcière a jeté une population à 97 % chinoise dans les restes d'une ville coloniale, et de surcroît mollement gouvernée par l'ancienne puissance bien lointaine ?

Et pourtant, les vestiges du passé sont toujours debout, comme est debout la Cathédrale Sao Paolo, jadis le plus grand monument de la chrétienté en Orient. La façade baroque du fronton, fier de sa pivoine chinoise et de la chrysanthème japonaise, ouvre ses fenêtres sur le néant : un incendie a détruit l'édifice et seule la façade se dresse en haut d'une colline du quartier chinois. Cathédrale ou symbole ? Le père Manuel Teixeira, figure légendaire, sort du vieux séminaire Saint-Joseph et longe le théâtre Dom Pedro V aux colonnes couleur de crème ; il s'en détourne car, il y a peu, s'y exhibait un « Crazy Horse Saloon », pâle réplique du nu parisien. Les cornettes sont nombreuses, religieuses venues des Philippines ou réfugiées de Chine ou du Viet Nam, vieillissantes, égrénant inlassablement les souvenirs de l'épopée coloniale. Le lycée catholique se porte bien, le temple A Ma – A Magoo, Macao – est rempli de monde.

Collage, symbiose, syncrétisme. Bruits et odeurs participent également à l'atmosphère. Vrombissement des climatiseurs crachant l'humidité, raclement des dominos de *mah-jong* dans l'obscurité des rez-de-chaussée à peine éclairés, appel des cloches des innombrables églises, klaxons des voitures qui se fraient leur chemin : qui ne possède son vieux tacot, même pour sillonner les cinq kilomètres carrés ? Odeurs mêlées d'orient et d'occident, senteur épicée de la soupe chinoise vendue à tous les coins de rue, odeur de mer, salée, du *bacalhau* importé : on mange à tous les rateliers, le *caldo verde* du Portugal, les *feijoadas* du Brésil, les crevettes épicées de Goa, le canard laqué de Pékin. Et si le *papamiento*, langue originale faite pour les clercs et artisans, intermédiaires privilégiés entre Occidentaux et Chinois, a pratiquement disparu avec l'émigration massive des métis à la suite de l'intrusion-éclair de la Révolution culturelle en 1966, le portugais d'aujourd'hui garde des restes du parler ancien mâtiné d'expressions autochtones qui lui donnent des phrases et un rythme tout particulier.

L'IMAGINAIRE, QUATRIÈME DIMENSION

Qui, en accostant au port de la cité, n'a pas à l'esprit les visions phantasmagoriques qu'éveille sa simple évocation ? L'imaginaire s'en mêle. La guerre de l'opium, ce fut hier quand Chinois et Européens s'affrontaient en combats impitoyables, quand Macao fut une plaque tournante du trafic. Enfer du jeu ! Ce n'est pourtant qu'à la fin du XIXe siècle que le gouverneur Isidoro

Francisco Guimaraes a l'idée de recourir au jeu pour assainir les finances publiques. Mais combien de films, de Sternberg à Hitchoum, de l'*Ile des Amours* au *Paradis des mauvais garçons*, combien de millions gagnés et perdus, de bouges, de meurtres, d'histoires d'espionnage ? La réalité est un peu différente. Oui, des foules de Hong-Kongais traversent toujours l'embouchure de la Rivière des Perles, en *jet foil* pour aller plus vite ; ils s'engouffrent dans un taxi et non dans un cyclo-pousse pour gagner du temps. Oui, ils viennent jouer, bien sûr, au casino, aux courses de chiens, au *Jai Alai* – pelote basque – aux courses de trot. Plus vite. Chaque traversée du *jet foil* coûte une fortune à la société exploitatrice mais fait gagner vingt minutes à l'aller, vingt minutes au retour à un trajet d'à peine une heure : quarante minutes supplémentaires pour faire perdre à un modeste employé, à la servante venue chercher fortune, les gages d'un mois. Car les joueurs riches sont peu nombreux, parqués dans les VIP cercles que compte chaque établissement. C'est surtout la classe moyenne, des pauvres, beaucoup de pauvres, qui viennent de Hong-Kong la britannique, la prude, non pas jouer le superflu, mais livrer « le combat de vie ou de mort », expression cantonaise désignant le jeu.

Trois pôles d'attraction pour le joueur invétéré : le Lisboa – artichaut, ananas en béton, que sais-je – grande bâtisse moderne, temple policé du jeu. Un Las Vegas sans attractions, un Monte Carlo sans joueurs chics. Amarré au môle du port de commerce, rua das Lorchas, c'est le casino flottant, un navire pseudo-chinois, extravagant, baroque, aux tourelles peintes en vert et rouge, aux dragons crachant du feu : l'atmosphère y est plus douillette, l'éclairage tamisé, mais les joueurs toujours aussi tendus. Ne restent-ils pas souvent quarante-huit heures sans dormir, profitant jusqu'à la dernière minute d'un week-end passé à Macao ? Même lorsqu'ils ont perdu tout ce qu'ils avaient d'argent, ils mettent en gage, dans les maisons de prêt qui fleurissent pas loin des casinos, n'importe quoi, leur montre, leurs bijoux et même – c'est maintenant interdit – leur carte d'identité. Moi, je préfère le *Kam Pek*, petit, typiquement chinois. Rien ne distrait ceux qui viennent y chercher fortune. Le vrai joueur se cache au deuxième étage et descend sa mise... et remonte son gain... dans une corbeille pendue à une corde. Le *Fant Tan* est un très vieux jeu chinois : un tas de jetons en porcelaine, un bol d'argent que le croupier fait glisser sur le côté. Les jetons ainsi happés sont décomptés avec une dextérité incroyable, quatre par quatre. Les paris portent sur le nombre des derniers jetons : un, deux, trois, quatre, impair ou pair ?

Images : les rixes, les millions gagnés et perdus, images de luxe et de richesse – le Macanéen reste traditionnellement auprès de son *mah jongh* et les croupiers sont souvent des jeunes filles qui traversent sagement, en uniforme, le Praia Grande. Mais images tenaces.

MACAO L'AMBIGUË, QUEL EN SERA L'AVENIR ?

Si l'ambiguïté a présidé dès l'origine au don qui, il y a quatre siècles, a fait de Macao une enclave portugaise en terre étrangère – don et non conquête, don et non résultat de quelque « traité inique » –, cette ambiguïté se retrouve aujourd'hui encore dans son statut tout particulier, celui d'un territoire chinois administré par les Portugais. Par ailleurs, faut-il souligner les différences qui participent à son atmosphère si singulière, que ce soit par rapport au vaste territoire voisin dont la ville n'est qu'une infime excroissance ultime, que ce soit par rapport à Hong-Kong séparé seulement par l'estuaire de la Rivière des Perles ? Citons pêle-mêle : urbanité exacerbée d'une ville où les moindres mètres carrés servent à habiter face aux vastes horizons de l'espace agricole voué au paysan chinois ; cité endormie s'éveillant lentement à la modernité à quelques kilomètres seulement d'une capitale internationale truffée de banques, d'ateliers et d'usines ; vestiges tenaces d'une latinité indolente si près d'une enclave anglo-saxonne prude et entreprenante.

Passé somptueux, ambiguïté; différences, voici quelques-uns, des ingrédients avec lesquels il faudra compter demain alors que d'importantes modifications – essentiellement politiques et économiques – se dessinent à l'horizon. Si aujourd'hui encore le statut de Macao « territoire chinois administré par les Portugais » est resté sans modification apparente, d'imperceptibles changements se font sentir en réalité. La Révolution Culturelle chinoise a laissé ses traces, ne serait-ce que par l'afflux de réfugiés qu'il a fallu stopper brutalement – certains traversent encore la Rivière des Perles à la nage –, par l'incursion des Gardes Rouges en 1966, rapidement repoussés mais qui a fait émigrer plus d'un Macanéen effrayé à la pensée de ce que l'avenir allait lui réserver. La Révolution des Oeillets n'est pas passée inaperçue non plus : dans le grand élan de décolonisation, Macao fut offert aux Chinois qui cependant ont préféré alors laisser entr'ouverte cette traditionnelle porte vers l'Occident. Macao garde donc son statut original. Un gouverneur portugais continue d'administrer mais son conseiller chinois est plus influent que jamais : ne doivent-ils pas, ensemble, en 1997, assurer avec sérénité et dans le calme, le retour du territoire à la Chine. 1997 ! Date fatidique. La concession britannique centenaire, fruit des Traités Iniques, prendra fin et comment imaginer alors Macao autrement que chinois alors que Hong-Kong le deviendra ?

L'ambiguïté, la différence politique, le statut particulier une fois disparus, qu'adviendra-t-il des autres différences ? Macao saura-t-il en jouer ?

L'entrepreneur, le marchand souhaitent voir continuer, intensifier l'effort de modernisation entrepris depuis peu. Macao construit des usines, des complexes touristiques, Macao projette un port en haute mer, un aéroport, des autoroutes pour désenclaver son territoire. Macao deviendra-t-il un autre Hong-Kong, un Hong-Kong au rabais, miroir de la situation économique internationale ? L'amoureux des vieilles pierres, l'Européen transplanté dans le sud-est asiatique, réclame la sauvegarde rigoureuse des vestiges du passé. Macao poursuit ses efforts de préservation – difficilement, il est vrai – inventorie, classe, sauve du bulldozer, sensibilise son opinion publique. Macao deviendra-t-il une ville-musée pour Hong-Kong et Manille, une ville morte ?

Parions sur l'existence d'une voie originale, fruit de circonstances exceptionnelles. Imaginons une mise en valeur, une mise en scène du patrimoine architectural compatible avec un développement économique moderne. Il est toujours permis de rêver. Imaginons une architecture spécifique qui ne négligerait aucun des aspects de la cité, débris mêlés de l'Europe ancienne, de la Chine et de l'occident moderne.

Cette architecture, il faut l'inventer. C'est possible, aujourd'hui davantage qu'hier. Parions aussi sur la vitalité de l'influence latine. Alors que demain la Chine prendra possession du territoire, jamais autant de Macanéens ne se sont mis à apprendre le portugais au point d'inciter l'Université classique de Lisbonne de mettre en place tout récemment un enseignement méthodologique spécifique pour étrangers qui leur est destiné.

Macao n'est pas à une contradiction près ; Macao n'a pas fini de se singulariser.

Hélène LARROCHE.

QUAND LE JAPON ÉTAIT A LA MODE PORTUGAISE

(1543-1640) (1)

Dans l'histoire de l'influence des coutumes et des mœurs occidentales au Japon, on a longtemps sous-estimé l'importance des Portugais qui furent les premiers à atteindre la petite île de Tanegashima, au large du Kyūshū, à bord d'une jonque chinoise qui avait été détournée de son trajet par un typhon. C'était en 1543. Le Japon était alors en proie à des conflits violents entre les seigneurs. L'arrivée des Portugais fut mise à profit par ceux des domaines du Kyūshū pour affirmer leur puissance politique.

Ces premiers arrivants portugais restèrent dans l'île pendant six mois et c'est par eux que les seigneurs connurent les armes à feu. Ils ne tardèrent pas à en multiplier les copies pour les utiliser dans leurs combats. Par la suite, le mouvement s'amplifia : trente ans après l'arrivée de ces trois Portugais, Oda Nobunaga, qui allait rétablir, en 1573, une autorité stable, en expulsant de Kyōto le Shogun Yoshiaki, possédait plus de trois mille fusils.

L'unification politique qui fut ainsi réalisée développa l'économie de villes comme Kyōto, Sakai et Hakata grâce au commerce intérieur et avec l'étranger, notamment avec la Chine. La soie, matière première importée de la Chine, arrivait au port de Sakai et était transportée à Kyōto, qui était un centre de tissage.

Les Portugais, dès cette époque, cherchèrent à développer un commerce très rentable dans ce coin du monde entre la Chine et le Japon, en espérant jouer le rôle d'intermédiaires, profitant du fait que la menace des pirates avait compromis les rapports commerciaux entre la Chine et le Japon. Le Japon produisait de l'argent en abondance et la Chine fabriquait de la soie hautement appréciée par les Japonais. Dès 1544, de nombreux navires portugais arrivèrent au Japon pour participer à ce commerce.

---

(1) Principaux livres consultés : Tasuku TANAKA, *Histoire du christianisme au Japon* (Ed. Kadokawa, Tokyo, 1966) ; C.R. BOXER, *Portuguese Merchants and Missionaries in Feudal Japan (1542-1640)* (Réimpression : Londres, 1986).

Ainsi s'ouvrait l'ère de la culture *Namban*. Ce mot de *Namban* signifie littéralement « les Barbares du Sud » : mot utilisé traditionnellement en Chine pour désigner les pays du Sud de l'Asie, peu développés culturellement. Ce même mot a été employé pour les Portugais principalement et pour les Espagnols qui vinrent au Japon en passant par ces pays du Sud (Siam, Java, etc.) Le même terme désigne les objets rares et recherchés apportés comme offrandes ou pour des échanges commerciaux. La *Namban-bunka* (la culture *Namban*) florissait durant la période *Azuchi-Momoyama*, sous Nobunaga et son successeur Hideyoshi.

En 1546, autre contribution du hasard qui détermina de nouvelles conditions de contact entre le Japon et le monde européen : c'est la rencontre de François Xavier avec un Japonais nommé Anjirō (2), qui parlait le portugais. Le commerce entre les Portugais et les Japonais se pratiquait au début sans échange de paroles, par le truchement d'une simple balance. Mais nombreux étaient les bateaux portugais qui arrivaient à Nagasaki (3) et à Hirado vers le mois de juin et juillet, profitant de vents favorables et qui ne repartaient du Japon que l'année suivante, vers le mois de février. Pendant six mois d'attente, les Portugais se promenaient en ville : certains y faisaient du commerce en se mêlant à la population. D'autre part, les Japonais qui commençaient à fréquenter les Portugais apprirent la langue : certains travaillèrent comme interprètes.

Anjirō, qui avait commis un meurtre, dut quitter le Japon et c'est le capitaine du navire portugais, nommé Alvarez, qui lui donna les moyens de s'enfuir, en l'accompagnant jusqu'à Malacca. C'est là qu'Anjirō fit la connaissance de François Xavier. C'est par Anjirō que François Xavier obtint les informations nécessaires pour se rendre au Japon. Quant à Anjirō il fut envoyé au collège de Goa pour recevoir une formation de culture occidentale, et plus tard il fut baptisé. La première lettre écrite en portugais par un Japonais le fut par Anjirō ; lettre adressée en 1548 à Loyola,

---

(2) Anjiro était originaire de Kagoshima. Son vrai nom était Yajiro. Il figure également dans l'ouvrage de Fernão Mendes Pinto, *Peregrinação*, (Lisboa, 1614) qui est un récit de ses voyages en Asie.

(3) Nagasaki devint une terre concédée aux Jésuites en 1580 par le « Daimyō » chrétien Omura Sumitada qui voulait garder l'avantage du commerce avec les Portugais. Les Jésuites ont fait de ce port leur base économique en collectant la taxe du port sur les bateaux portugais. La ville fut florissante jusqu'en 1614, date d'interdiction du christianisme. Mais elle restera toujours ville-port d'implantation de la culture étrangère.

co-fondateur de la Compagnie de Jésus, pour lui communiquer son intention de contribuer à évangéliser le Japon.

C'est en 1549 qu'Anjirō et François Xavier arrivèrent à Kagoshima, au sud du Kyūshū, avec deux autres prêtres espagnols (4). Ils ont aussitôt commencé des voyages d'évangélisation, de Hirado à Kyōto, Sakai, Yamaguchi et Ōita.

*

Le phénomène du « japonisme » en France au XIXe siècle n'est pas sans quelque analogie avec celui de l'époque *Namban* du XVIe siècle au Japon. La mode *Namban* ne se limitait pas seulement aux domaines de l'habillement ou de l'alimentation, mais s'étendait aux sciences ou à des activités diverses, telles que la médecine, l'astrologie, la cartographie, la peinture à l'huile, la gravure sur cuivre et la machine à imprimer. Une de ces machines, imprimant en écriture romaine, fut apportée par Valignano (5) lors du retour de jeunes ambassadeurs qui avaient été envoyés par trois « Daimyō » christianisés, à Goa, au Portugal puis en Espagne et à Rome, et qui n'étaient revenus qu'au bout de huit ans;

La passion de l'exotisme : voilà comment on peut désigner le comportement des Japonais dans l'emploi des objets ou dans l'adoption des coutumes qui étaient arrivés d'Europe grâce aux Portugais. Exemples : la mode d'utiliser les chapelets en tour de cou ou bien de porter une croix à la ceinture ; chapelets et croix étaient devenus des accessoires communs de l'habillement des citadins. Les cadeaux apportés par les missionnaires lors de leurs visites aux seigneurs pour leur demander l'autorisation de poursuivre leurs activités étaient devenus des objets très appréciés, qui faisaient entrevoir l'existence d'un autre monde. Il s'agissait notamment de mappemondes, d'horloges, de tissus de velours, d'articles de confiserie, etc. Les missionnaires avaient vite compris que pour convaincre les Japonais et pour retenir leur attention ces objets étaient une nécessité absolue.

Les quelques *daimyō* devenus chrétiens utilisaient la croix comme motif décoratif de leurs armoiries, de céramiques et de miroirs. Hideyoshi aimait les habits à la portugaise et cela devint

(4) Ils apportèrent avec eux de nombreux cadeaux.

(5) Il était né à Chieti en Italie en 1539 et fut envoyé par la Compagnie de Jésus en tant qu'Inspecteur Général de l'Inde à Goa en 1573; Il arriva au Japon en 1579 et joua un rôle important comme organisateur de l'envoi des ambassadeurs à Rome et aussi du système éducatif (construction de collèges et de séminaires pour les néophytes et les chrétiens japonais, où la machine à imprimer était une nécessité).

la mode, pour son entourage, de s'habiller de cette façon. En conséquence, les couturiers de Nagasaki furent l'objet d'une demande extrêmement forte et étaient obligés de travailler nuit et jour. Il n'était pas rare de voir Japonais et Japonaises marcher avec un mouchoir à la main. Certains se promenaient même en murmurant : « Paster Noster, Ave Maria. » (6), non par moquerie mais par une espèce de snobisme.

*

Ces nouveaux modes de vie ont amené dans la langue japonaise un nouveau vocabulaire. Les exemples abondent dans l'habillement : tels que *calsan* (*calsão* : pantalon), *cappa* (*capa* : imperméable), *jiban* (*jibão* : sous-vêtement), *botan* (*botão* : bouton). En ce qui concerne l'alimentation, le plat japonais populaire nommé *tempura* vient du *tempero* portugais, le gâteau *kompeitō* vient du mot *confeito* (gâteau confit), ou encore *bolo*, une espèce de gâteau rond, fait de sucre et de farine, populaire encore aujourd'hui au Japon. Dans le domaine du textile, le velours, qui fut très apprécié des Japonais, s'appelle *biloodo*, mot qui vient du portugais *veludo*. C'est aussi au cours de cette période qu'apparaît au Japon la laine tissée, jusqu'alors inconnue et que l'on appelle *rasha (raxa)*. Tous ces mots sont encore utilisés d'une façon courante au Japon.

C'est à la même époque que le tabac fit son apparition au Japon : d'abord comme médicament (il avait commencé à être utilisé à l'hôpital franciscain de Manille) ; il va ensuite être diffusé d'une façon prodigieuse : femmes, hommes et enfants, tous se mirent à fumer du tabac. Le mot *tabaco* est d'origine portugaise. Le jeu de cartes devint également populaire : le mot *Karuta* en japonais vient du portugais *cartas*.

*

Dans le domaine de la peinture, il fut alors créé un genre dit *Namban byōbu* ; il s'agissait de la production de paravents dont les sujets représentaient les scènes d'arrivée dans un port japonais d'un bateau portugais, et la rencontre des passagers avec les Japonais et les missionnaires. Dans les mêmes paravents, de deux à quatre, six ou même huit feuilles, l'arrivée du bateau portugais en train de jeter l'ancre dans la baie est représentée à gauche ; au

---

(6) Une lettre du Père Francisco Passio du 16 septembre 1594 parle de cette frénésie portugaise à Kyōto.

centre, une procession de chevaliers et d'hidalgos, précédés par le « Capitaine Majeur », accompagnés par la suite des esclaves et des servants ; à droite : le groupe des religieux, les prêtres et les moines des ordres différents, mais surtout les jésuites habilés de soutanes noires.

Les chrétiens japonais s'habillaient en pantalons européanisés *(calsan)*, avec des chapelets autour du cou ou bien dans les mains, les mères avec leurs enfants dans les bras : tout le monde se précipite au port pour aller voir les étrangers *Namban-jin*. Le motif *Namban* est représenté à gauche et le japonais à droite. En général, une église et des couvents sont peints comme des fonds de paysage et un prêtre est en train de célébrer une messe dans l'église. Etaient peints des marins noirs en train de faire les acrobates, puis des chevaux arabes, des paons, des tigres, des antilopes ou autres bêtes d'origine indienne : en somme tout ce qui était de nature à émerveiller les Japonais. C'était devenu une habitude de montrer des objets capables d'exciter la curiosité de Hideyoshi et de son entourage.

Ces genres de paravents ont été peints par les écoles de *Kanō* et *Tosa*, sans signature, pas à Nagasaki où les bateaux portugais arrivaient, mais à Kyōto ou à Sakai, centres de la production artistique. Il est à noter que le genre *Namban byōbu* devint un genre artistique important à peu près 40 ans après l'arrivée des Portugais. Sur les paravents, les événements paraissent formalisés comme éléments iconographiques de peinture et non décrits comme faits historiques. Les meilleurs de ces paravents ont été produits entre 1560 et 1614, cette dernière date étant celle où le Shōgun Ieyasu interdit définitivement le christianisme. Ces productions de paravents, utilisant un riche matériel, ont, par la suite, conduit à fabriquer des paravents plus modestes, mais populaires.

Cet art, qui était devenu si familier, commença à décliner avant l'expulsion définitive des Portugais et des Espagnols et l'interdiction d'entretenir quelque rapport que ce soit avec eux, en 1639. Ces peintures sont exécutées selon le code japonais de la tradition de *Yamato-é* mais certaines révèlent l'introduction de la perspective occidentale telle qu'elle s'est manifestée à l'époque de la Renaissance. On peut aussi voir un certain réalisme apparaître dans l'école du Kanō (7).

---

(7) « Exemples : « les personnages royaux équestres d'Europe » (paravent de 4 feuilles) ; « La carte mondiale et quatre villes du monde » (paravent de 8 feuilles), conservés au Musée d'Art du « Namban » à Kobé.

*

C'est Valignano qui avait projeté de faire venir la machine à imprimer avec des caractères métalliques pour permettre d'imprimer les textes d'enseignement chrétien en japonais. Il souhaitait aussi que les missionnaires apprennent la langue japonaise ; dans ce but, il pensait qu'il était absolument nécessaire d'éditer un dictionnaire Portugais-Japonais et Japonais-Portugais.

La machine à imprimer, installée d'abord à Kazusa, imprima une trentaine de livres, ce qui constitue ce qu'on appelle « l'édition chrétienne », qui est fort rare. Le premier livre de cette collection était la traduction en langue japonaise, écrite en lettres romaines, de l'*Histoire des Saints.* Les caractères métalliques d'écriture japonaise (*Kanji* et *Kana*) ont été fabriqués en 1593. La publication comportait principalement des livres ecclésiastiques, mais aussi des dictionnaires, des grammaires (8), des ouvrages de littérature occidentale comme les *Fables d'Esope,* et de littérature latine, comme les écrits de Cicéron et de Sénèque. L'influence de la langue portugaise – et l'on peut dire également celle de la langue latine – est visible dans ces ouvrages. Des termes ou des phrases traduits phonétiquement en écriture romaine ne pouvaient trouver d'équivalent en Japonais.

Mais il ne faut pas oublier non plus le rôle que joua par la suite Fukansai Fabien, qui transcrit sous la forme d'un dialogue *l'Histoire de Heike (Heike-monogatari)* en lettres romaines. Les persécutions contre les missionnaires devinrent de plus en plus fortes. La machine à imprimer fut alors transportée à Manille, en 1616, avec l'expulsion du Daimyō chrétien Takayama Ukon. Cependant, la langue officielle de communication entre le Japon et les Européens restera pendant de longues années encore la langue portugaise.

Les connaissances scientifiques, elles, persisteront malgré la suppression complète des contacts avec l'étranger (sauf – mais il ne s'agissait que de rares rencontres – avec les Hollandais).

Il faut rappeler aussi qu'un riche commerçant portugais qui

---

(8) Le *Dictionarium Latino Lusitanicum ac Iaponicum ex Ambrosii Calepini Volumine depromptum,* Amakusa, 1595, en japonais ; et en portugais : le *Vocabulário da língoa de Japão* était un dictionnaire très grand de 803 pages avec 33.000 mots ; il expliquait les différences entre la langue écrite, la langue parlée, le patois, la langue féminine et les mots poétiques en langue portugaise. Il s'agit d'une étude qu'on peut appeler scientifique, établie par le Père João Rodriguez, et cet ouvrage a servi comme base à des ouvrages grammaticaux publiés au milieu du XIXe siècle.

était aussi chirurgien, Luis de Almeida (1525-1583), s'étant trouvé au Japon pour affaires, était entré dans l'ordre de la Compagnie de Jésus et avait fait construire un hôpital à Ōita en 1557. C'était la première fois que l'on pratiquait des opérations chirurgicales au Japon. Cet hôpital avait rencontré un tel succès qu'Almeida commença à former de jeunes médecins japonais, et cette médecine, accompagnée de chirurgie, fut appelée par les Japonais la médecine *Namban*. Après la fermeture de l'hôpital, la médecine *Namban* déclina, mais c'est un autre prêtre portugais, chirurgien, ayant abjuré le christianisme après avoir été torturé, nommé Christovão Ferreira, mais plutôt connu par son nom japonais Sawano Chūan, qui a contribué à la continuité de cette tradition en écrivant un livre qui s'intitule, « Livre de la Chirurgie de l'Ecole de Namban » *(Namban-Gekasho)*. Ce livre a servi comme une base fondamentale d'enseignement pendant de longues années (9). A la suite de l'interdiction du christianisme, le titre de ce livre est devenu *Manuel de Chirurgie Hollandaise* et il fut republié en 1698. C'était la médecine *Namban* qui continuait sous un autre nom. Le livre continua désormais à servir comme base, en liaison avec la médecine *Kōmō*, (mot qui signifie « cheveux roux » afin de désigner les Hollandais et les distinguer des Portugais).

Une des raisons pour lesquelles les Japonais s'intéressaient aux missionnaires étaient leur connaissance en astronomie. Valignano, Carlo Spinola, et plus tard Christovão Ferreira par ses écrits sur l'astronomie, ont contribué de façon prodigieuse à développer les connaissances des Japonais en ce domaine, grâce à l'installation de l'astrolabe et d'autres instruments d'observation. Spinola, lors de sa visite à Kyōto, s'est vu demander par l'empereur d'enseigner l'usage de ces instruments. Il a également fondé une académie de sciences mathématiques et d'astronomie, à Kyōto. L'astronomie est liée étroitement à la pratique du pilotage. C'est au début du XVIIe siècle qu'un traité de pilotage, *Genwa Kōkaiki* fut écrit par un Japonais, Ideda Kōun. Il s'agit d'une version japonaise d'un livre de pilotage portugais publié par le cosmographe Manoel de Figueiredo entre 1608 et 1614. Ce livre, considéré comme un chef-d'œuvre dans le domaine de la science de l'époque au Japon, a fait développer considérablement la technique du pilotage et cela a permis notamment aux Japonais

---

(9) Pour l'étude de l'influence de la médecine de l'école de *Namban* par des jésuites au Japon il existe un excellent livre du Père Dorotheus Schilling, O.F.M., *Das Schulwesen der Jesuiten in Japan* (1551-1614), Münster, 1931, (p. 40-68).

d'explorer en 1688 la mer du Nord du Japon et des îles d'Ogasawara. Tout cela démontre le désir ardent des navigateurs japonais de connaître les pratiques de pilotage européen les plus scientifiques pour l'époque. Il paraît même que la connaissance des techniques de navigation et de construction navale étaient arrivées au Japon au même niveau qu'en Europe au moment de la fermeture du pays par le Shōgun Iyeyasu en 1636.

La connaissance des Portugais en ce qui concerne la géographie, les cartes et les mappemondes fabriquées à Coimbra ou à Evora, a incité les Japonais à développer la cartographie. C'est vers cette époque que Spinola a mesuré la longitude du Japon et, en 1612, a observé une éclipse. Hokkaidō a été exploré en cette période, ce qui a permis de démontrer qu'il s'agissait d'une île. L'image de la carte mondiale était devenue un genre de peinture et les peintres de l'Ecole de *Kanō* avaient peint pour des seigneurs chrétiens des paravents extrêmement riches sur un fond doré. Cette vision du monde telle qu'elle représentait le Japon dans les cartes portugaises avait énormément impressionné les Japonais. La forme du Japon, dans les cartes de l'Ecole de *Kanō*, était devenue beaucoup plus précise que celle de l'Amérique et de l'Afrique. Cette nouvelle vision était une mode et l'image s'en est multipliée par le moyen d'estampes.

*

La période portugaise, qui a duré presque 100 ans, a laissé des traces même après l'expulsion totale des Portugais et de celle des 287 métis, qui furent, en 1636, également transférés hors des frontières.

La langue portugaise fut pendant des années la langue officielle de communication des Japonais avec les Hollandais, puis avec les Anglais qui arrivaient pour faire du commerce. Les interprètes étaient absolument nécessaires pour discuter les problèmes diplomatiques (10) qui ne cessaient pas de se poser et surtout pour interroger les missionnaires qui continuaient de pénétrer clandestinement au Japon. Mais quand la fermeture du pays devint complète, la langue portugaise fut peu à peu écartée. C'est alors la langue hollandaise qui devint la langue officielle. Pourtant, on peut noter que, d'après l'index des vocabulaires du

---

(10) En 1673 un bateau anglais *Return* arriva à Nagasaki avec une lettre de Charles II adressée au Shōgun pour proposer de faire du commerce (achat d'or, d'argent et de cuivre du Japon, vente de laine d'Angleterre). Cette lettre en anglais était accompagnée de la traduction portugaise.

Manuel de la chirurgie hollandaise (Edition de 1705), il subsistait un nombre considérable de mots portugais mélangés avec la langue hollandaise. Des mots portugais utilisés dans la vie quotidienne, dans les domaines des tissus, des vêtements et aussi dans l'alimentation, restèrent assimilés à la langue japonaise écrite en idéogrammes : cela même jusqu'à nos jours.

Pendant longtemps on a eu tendance à considérer l'influence des Portugais comme ne s'étant manifestée que pendant une période épisodique et transitoire, avant que ne fut établi un système de véritable fermeture du pays destinée à faire disparaître toutes les traces d'un siècle où le christianisme s'était développé. Malgré la vigueur de la répression, cependant, certains acquis apportés par les Portugais et répandus à tous les niveaux de la société ont sourdement fermenté pendant les deux siècles et demi qui suivirent : époque marquée pour le Japon par la disparition des conflits internes ainsi que de toute guerre extérieure, expérience au cous de laquelle les caractéristiques essentielles de la culture japonaise se sont surtout dévoilées et confirmées. Il s'agit de l'époque Edo. C'est ce à quoi faisait allusion Alexandre Kojève dans une note ajoutée à la seconde édition de son livre sur Hegel, où il écrivait, de retour du Japon : « J'ai pu y observer une Société qui est unique en son genre parce qu'elle est seule à avoir fait une expérience presque trois fois séculaire de vie en période de « fin d'histoire », c'est-à-dire en l'absence de toute guerre civile ou extérieure (à la suite de la liquidation du « féodalisme » par le roturier Hideyoshi et de l'isolement artificiel du pays conçu et réalisé par son noble successeur Yiyeasu) » (11).

Quelques années avant ces derniers événements, qu'évoque ainsi Kojève, Valignano, dans un rapport confidentiel adressé à ses supérieurs à Rome, formulait les appréciations suivantes sur les Japonais : « Tout se passe comme s'ils avaient fait une recherche spéciale pour ne pas s'adapter aux autres peuples... En fait le Japon est un monde qui est opposé à l'Europe... » (12). Dans le

---

(11) Alexandre KOJÈVE, *Introduction à la lecture de Hegel.*

(12) ALVAREZ-TALADRIEZ, José Luis, *Alejandro Valignano S.I., Sumario de las cosas do Japão* (1583), éd. port., (Tokyo, Monumenta Nipponica Monographs. N° 9, 1954). Les rapports des jésuites, de nature confidentielle, n'ont jamais été publiés mais deux chapitres, sur trente, qui traitent des aspects positifs et des défauts des Japonais ont été diffusés depuis fort longtemps à cause de leur caractère particulier. Ces chapitres, utilisés par les historiens, sont restés typiques de la vision qu'ont eu les Européens des Japonais, au XVIe siècle, au XVIIe siècle, et même encore maintenant.

même esprit, le Père jésuite portugais, Luis Flois, dans ses *Notes sur le Japon* (13) insistait sur les contrastes extrêmes entre les Japonais et les Européens.

On recueille de tous ces écrits l'impression que dans la structure même de la civilisation japonaise il existe d'extraordinaires forces de résistance. Il n'en est que plus frappant d'y trouver aujourd'hui encore des traces de l'impact laissé par les Portugais. Mais il faut bien constater que le Japon a une manière très spécifique d'accepter les influences...

Keiko KIRISHIMA.

---

(13) Prêtre jésuite portugais, Luis Flois fut un chroniqueur et la figure centrale de l'époque *Namban*. Il fut un fin observateur des mœurs japonaises pendant son séjour au Japon entre 1563/1597. *(Flois, Luis, S.J., Kulturgegensätze Europa-Japan (1585), Tratado em que se contem muito susinta - e abreviadamente algumas contradições e diferenças de costumes antre a gente de Europa e esta provincia de Japão,* ed. Kritische Ausgabe von Josef Franz Schütte S.J., Tokyo, 1955).

LES PORTUGAIS EN INDONÉSIE (1)

Une fois le Cap de Bonne Espérance contourné (1497), la route maritime de l'Orient était ouverte et, en peu de temps, de fortes ambitions commerciales vinrent renforcer l'esprit d'aventure des Portugais. Lorsqu'ils atteignirent Goa, ils comprirent l'importance exceptionnelle du commerce des épices. Afonso de Albuquerque vit que le seul moyen d'enlever ce commerce aux Arabes et aux Turcs était de s'emparer de Malacca et de trouver le chemin des Iles des Épices.

En 1511 Malacca tomba aux mains des Portugais et en décembre de cette même année Albuquerque envoya une expédition à la recherche des Moluques. Les Portugais suivirent les côtes de Sumatra, Java, Bali, Lombok, Sumbawa et Flores, puis ils montèrent vers le nord et atteignirent Banda au milieu de l'année 1512. Ce fut le début d'un siècle et demi de contacts qui revêtirent différentes formes : militaire, culturelle, ethnique, commerciale et religieuse, selon le lieu et l'époque.

*

LES VESTIGES VIVANTS DU PASSAGE DES PORTUGAIS

Qu'est-il resté de tous ces contacts ? Quels en sont les vestiges vivants ?

L'aspect le plus curieux et le plus frappant est celui de la langue : au XVIe siècle le portugais était la « *lingua franca* » de l'archipel. Pendant leurs premières années en Indonésie, les Hollandais furent obligés de parler le portugais pour leur commerce.

Djakarta était un des centres où une certaine forme de portugais s'est maintenue plus longtemps qu'ailleurs. Les habitants de Tugu, un village de métis portugais et de nombreux immigrants venus de l'Indonésie orientale, formèrent, à Batavia, une minorité importante, officiellement reconnue, et qui parlait

---

(1) Principal ouvrage consulté :
Antonio Pinto de França : *Portuguese influence in Indonesia* (Fondation Gulbenkian, Lisbonne,1985)

le « *cristão* » entre eux et ceci jusqu'au début du XVIIIe siècle. Tous les mots portugais trouvés dans la langue indonésienne sont groupés en deux listes contenant environ 80 mots portugais et dans les dialectes de chaque région il existe de nombreux autres mots qui varient d'une région à l'autre, (cf annexe).

Mais il faut examiner les vestiges dans chaque unité géographique.

SUMATRA

Il existe beaucoup de cartes de l'île tracées par les Portugais. Le nom de l'île « *Engano* » sur la côte de Sumatra est portugais et provient sans doute d'une erreur de navigation, puisque « *engano* » veut dire « erreur » en portugais. A Atjeh les habitants semblent bien connaître l'histoire des relations entre le Portugal et Atjeh. Selon la tradition, les habitants d'un petit village côtier, à 60 kms de Atjeh, descendent de Portugais qui y firent naufrage au XVIIe siècle, et, en effet, ils présentent les caractéristiques ethniques européennes. Mrs D. Dorothy Pelzer, architecte américaine, pense avoir détecté dans les curieuses maisons de Nias des éléments probablement adoptés de détails des bateaux qui y accostaient fréquemment, en route pour Minangkabau. A Medan, ou dans le Delih Malay, l'influence portugaise est évidente dans la musique et les danses de la région. A Minangkabau le vêtement de noces du marié est certainement inspiré des costumes portugais du XVIIe siècle. Il y a au Musée de Bukitinggi des modèles qui ne laissent aucun doute.

JAVA

L'île de Java a aussi été représentée par les cartographes du XVIe siècle (exemple : carte publiée dans « *Decadas da Asia* » par João de Barros). En ce qui concerne Banten, il existe deux gravures, à l'Academia de Ciências de Lisbonne, basées sur des dessins de Pères Jésuites. La première représente les « *coracora* » (bateaux) des habitants de Banten, et la seconde un jeu de balles de Maly, qui est encore populaire de nos jours à Makassar. A Djakarta, aux Archives nationales, il y a une reproduction du Traité signé en 1522 entre les Portugais et le Prince de Sunda Kalapa. Au Musée Central il y a un « *padrão* » érigé par les Portugais, et une belle cloche en bronze qui porte l'inscription : « *Este sino foi mandado fazer pelo Vice-Rei da India para o Rei de Matarão em 1663* ». Au Musée de Kota (bas-quartiers de Djakarta) nous trouvons le célèbre canon portugais, qui fut transféré à

Batavia par les Hollandais après la chute de Malacca. Il a la forme d'un poing fermé, symbole de relations sexuelles et par la suite de fertilité – et de nombreuses générations de femmes stériles sont venues de toute l'île apporter des fleurs à Si Djagur, le nom du canon en javanais. Ces croyances semblent avoir maintenant disparu.

Au Musée National il y a une bouteille et un plat en porcelaine, bleu et blanc (Ming) avec l'emblème royal portugais. Tout le monde à Djakarta connait l'église portugaise (Géredja Portugis). C'est une église protestante, construite au XVIIe siècle dans le pur style hollandais : sans doute l'église était-elle fréquentée par les descendants de Portugais, convertis au protestantisme. Près de l'église se trouve « Djalan Rua Malaka » : les Indonésiens répètent ainsi le mot *rue* 2 fois : Djalan, en indonésien et rua en portugais.

A Tugu, village à 2 kilomètres du port de Djakarta, il semble qu'il y avait tant de Portugais et de Goanais métis faits prisonniers pendant la guerre à Batavia que la Compagnie des Indes Orientales décida de les libérer. En 1661, ils furent convertis au protestantisme et on leur donna des terres, où ils construisirent Tugu. Ils y ont conservé, même de nos jours, la langue et la culture portugaises. Les Hollandais leur imposèrent la nouvelle foi et de nouveaux noms, mais, malgré cela, ils ont gardé la musique portugaise et la conscience de leur sang portugais. Ils ont parlé la langue pendant plus de 300 ans et pendant le XVIIIe et XIXe siècles ont exercé une forte influence culturelle à Djakarta. D'eux vient le populaire « Krontjong Mourisco » (du portugais pour Maure) qui rappelle tant les *« mornas »* (chants) du Cap Vert et dont le rythme de base sert de fond à certaines musiques indonésiennes modernes.

Pendant des siècles et encore aujourd'hui les pauvres de Tugu, qu'on appelle « Tandjidor » vont de restaurant en restaurant, chantant leur passé avec nostalgie. A Solo (Central) dans le Palais de Susuhunan, il y a un autre canon portugais appelé Setomi, sans doute une déformation de São Tomé. Pour les Javanais c'est un canon femelle, tandis que celui de Djakarta est mâle, et la tradition veut que s'ils se rencontrent, la fin du monde sera arrivée. A Jogjakarta (Java Central), près du cimetière des Sultans à Kota Gede, on vénère une grande plaque de pierre qui, dit-on, est portugaise et date du début du XVIIe siècle. Il est intéressant de noter, à propos du Taman Sari, Palais d'été des Sultans de Jogjakarta, construit à partir de 1758, qu'il existe une légende selon laquelle le palais fut construit par un Portugais. L'architecte fut, paraît-il, exécuté ensuite, afin que les passages secrets (et qui le restent même aujourd'hui) ne soient pas révélés. La version, confirmée par des manuscrits, est que l'architecte portugais de Batavia reçut, en prix, le titre de Damang Tegis (Tegis pourrait être une abréviation du portugais). Il est possible que le Sultan, ayant entendu parler des splendeurs de Goa, ait voulu un Portugais comme architecte.

CELEBES

Selon certains le nom de l'île vient du portugais « *Ponta dos Célebres* » (Cap des Célèbres), à l'extrême nord de l'île, comme le montre une carte de 1541. Dans le village de Kema on trouve des tombes portugaises et dans la région beaucoup de noms de famille sont portugais ; certains mots d'origine portugaise sont frappants, comme « *garrida* » pour une séductrice et « *buraco* » pour un homme mauvais.

MOLUQUES

A Ternate et Tidore il existe de nombreuses ruines de fortifications portugaises et de nombreuses traditions, malgré les efforts des Hollandais pour faire disparaitre toute trace des Portugais. Certains noms géographiques, tels que Boca, Passo, Martafons, Porto et Pombo témoignent du passage des Portugais. Dans les villes de Hitu et Hila le souvenir de Francisco Serrão est vivace, et on peut y voir les restes des fondations du comptoir commercial. Mais c'est à Soja que l'on trouve les traditions portugaises les plus fortes. Les descendants des Portugais vivent dans les villages de Naku et Hatalai : pourraient-ils descendre de familles du Ribatejo ? Les chemises des hommes sont semblables, leur danse n'est autre que le *fandango* du Ribatejo et le nom de Hatalai fait penser à Atalaia.

FLORES

Le nom de cette île est portugais ; les marins portugais la baptisèrent ainsi à cause de ses merveilleuses floraisons.

A Maumere (Flores central) le Roi de Sika arbore pour les cérémonies ce que ses prédécesseurs ont porté depuis le XVIIe siècle, cadeau des Portugais : casque en or (portant la date 1607), deux colliers de boules d'or et un sceptre. Dans la Maison du Roi on peut voir le *Menino,* statue en ivoire de l'enfant Jésus. Le matin de Noël on joue un sandiwara (pièce) en mauvais portugais, parfois incompréhensible. A Larantuka : on trouve une toponymie portugaise : Peça da Penha, Posto... De plus la vie religieuse de la communauté suit d'anciennes traditions portugaises. La « Confraria da Reinja Rosari » est organisée exactement comme les Confréries au Portugal (costumes, prières, processions...).

Il est évident ici aussi qu'il y a de nombreux noms de famille portugais : les Monteiro, Pareira, Cesar da Silva ont des arbres généalogiques qui remontent à quelque sergent.

Il faut mentionner la belle cloche de Vure portant l'inscription : « Antonio de Albuquerque... de 1714 ». Cette cloche était à Larantuka, mais elle fut volée par les habitants de Vure, qui la réclamaient de droit. Il est intéresant de noter le chapeau traditionnel de l'île de Rote, en face de Kupang, qui est une reproduction du chapeau portugais de paille du XVIe-XVIIe siècle.

ANNEXE

1. Quelques noms de famille à Java et Flores : Ribeiro, Da Cunha, Alves, Diais De Vasconcelos, César da Silva, Barros, Alvares, tous actuellement encore en usage au Portugal.

2. Quelques mots, entre le millier de mots recueillis dans les îles, en plein usage, de nos jours, et qui révèlent, sans conteste, leur origine portugaise :

écriture locale	origine portugaise	traduction
Korpo	*corpo*	corps
Olu	*olho*	œil
Naris	*nariz*	nez
Boka	*boca*	bouche
Denti	*dente*	dent
Mamah	*mama*	sein
Kosta	*costa*	littoral
Korsang	*coração*	cœur
Ku	*cu*	cul
Perna	*perna*	jambe
Empé	*Em pé*	debout
Ri	*ri*	ris (rire)
Paré	*parir*	enfanter
Moré	*morrer*	mourir
Pai	*pai*	père

Ré	*rei*	roi
Faka	*faca*	couteau
Sol	*sol*	soleil
Prata	*prata*	argent
Uru	*ouro*	or
Mar	*meio do mar*	haute mer
Séra	*serra*	montagne
Prédju	*preço*	pris
Bratu	*barato*	bon marché
Rua	*rua*	rue
Bergonjha	*vergonha*	honte
Vriu	*frio*	froid
Almi	*alma*	âme
Maségu	*mancebo*	jeune homme
Dodu	*doido*	fou
Pobri	*pobre*	pauvre
Riku	*rico*	riche
Toma	*toma*	prends
Limpa	*limpa*	nettoye
Koitado !	*coitado !*	le pauvre !
Ung Bés	*uma vez*	une fois
Dia	*dia*	jour
Lume	*lume*	feu

Nous avons essayé de montrer par cet échantillonnage de mots qu'ils touchent, en fait, toute la vie quotidienne, la vie mentale, l'essentiel. Le portugais a, donc dû être le langage central.

Pierre LÉGLISE-COSTA
et Catherine MITCHELL.

CAMÕES ET L'EUROPE *

Là-bas ils moururent et restèrent,
Jamais à la patrie désirée ils ne retournèrent.

Au début du chant III de son poème, Camões évoque l'embarras de son héros, Vasco de Gama, devant le roi africain qui l'invite à rappeler "l'illustre généalogie de son peuple". Précaution rituelle, sans doute, mais aussi pleine conscience de la difficulté qu'on éprouve toujours à parler des siens devant ceux qui n'ont pas l'obligation de connaître nos histoires de famille. Vasco de Gama a beau se dire – et nous dire – qu'il ne racontera pas une histoire inconnue, qu'il s'agira seulement de rappeler la gloire des siens, nous éprouvons tous, comme lui, une certaine gêne, chaque fois que nous devons, à notre tour, rendre présents, non les exploits de notre passé aboli que Camões a chantés, mais son propre chant dont quatre siècles nous séparent. Que pouvons-nous y trouver encore qui ait quelque rapport avec notre destin, non seulement de Portugais et d'Européens, mais aussi de membres d'une civilisation planétaire, à sujets multiples ou, peut-être même, sans sujet ?

Poème d'un voyage qui changea les relations de l'Occident et de l'Orient, première épopée *européenne*, si on entend par là un chant héroïque dans lequel l'Europe, incarnée en un petit peuple, s'assume comme *médiatrice* dans un échange destiné à devenir universel, *Les Lusiades* contiennent plusieurs épisodes consacrés à *l'identification*, à la mutuelle reconnaissance de peuples et de cultures jusque-là étrangers les uns aux autres. Aujourd'hui nous vivons dans un monde non seulement identifié, étiqueté, mais transparent. Il en allait autrement au XVIe siècle, où les distances, l'ignorance réciproque, l'impossibilité de vérifier l'identité de *l'autre*, société ou individu, posait des problèmes pratiquement insolubles. *Qui est l'autre ?* se demandent, à longueur de strophes, à la fois les navigateurs portugais en chemin vers l'Orient et ceux qu'ils rencontrent et qui les interrogent à leur tour au sujet de leur

---

* Ce texte reproduit l'essentiel d'une conférence prononcée à l'U.N.E.S.C.O. en 1986.

identité et de leurs intentions. Le voyage change le voyageur et ceux qu'il rencontre. En dernière analyse, le poème tout entier peut être compris comme celui de l'invention même du *regard européen* en tant que regard planétaire. Naturellement, il ne faut pas attendre de la vision camonienne du monde le genre de regard sur l'autre que le siècle des *Lettres persanes* et de *Candide* illustrera, mais celui-ci n'existerait pas sans le regard précurseur déjà à l'œuvre dans les pages des *Lusiades*, miroir poétique de l'expérience de deux siècles de contacts ibériques avec le monde non-européen. Bien ancrés dans leur temps *Les Lusiades* sont et restent un poème *militant*, un poème de totale bonne conscience, en tant que poème porté et soutenu, à la fois, par la vision catholique de la vie, et par la conscience de l'hégémonie maritime et marchande de l'Europe dont notre peuple est alors une sorte de fer de lance.

Pourtant, malgré son fatal eurocentrisme, comme nous dirions, non sans un certain anachronisme, malgré, surtout, le moule humaniste qui fait au poète une obligation de couler l'aventure de la découverte du monde extra-européen dans un décor peuplé de dieux anciens, grecs et romains, *Les Lusiades* sont, avant tout et éminemment, le poème des *rencontres*, de la découverte craintive ou éblouie des autres – peuples, coutumes et cultures inconnues de l'Europe. Cette curiosité insatiable dont le poème témoigne, héritière de l'esprit humaniste et de l'expérience accumulée par tant de voyages depuis le XVe siècle, est déjà, en elle-même, un gage d'*universalité*. Un demi-siècle après Camões, Balthasar Gracián parlera de la *portátil Europa*, en se référant aux bateaux qui parcourent les océans pour le compte du roi d'Espagne, devenu, pour un temps, également, celui du Portugal. De l'*Europe mobile*, Camões et son poème furent la première expression exaltante et exaltée, récit de la simple vérité, et conscience de la valeur universelle de la péripétie que furent l'exploration et la découverte de nouveaux espaces, avec leurs conséquences, bonnes ou mauvaises, mais irréversibles.

C'est avec un sens aigu du récit, on pourrait presque dire du "suspense", que Camões procède à l'*identification* de cette aventure en tant que portugaise, chrétienne, européenne, et, pour finir, universelle. Comme tous se le rappellent, Camões ouvre son récit au moment où Vascde Gama et les siens remontent déjà l'Océan Indien, après avoir franchi le cap de Bonne Espérance. Harrassés, inquiets, un peu perdus, les navigateurs cherchent un port ami où ils pourraient se reposer et avoir des nouvelles sûres au sujet de l'Inde. Ils croient le trouver dans la petite île du

Mozambique, en fait régye par un Cheik qui se méfie, à juste titre, des nouveaux arrivants. Dans un premier mouvement, la vue des nefs portugaises avait suscité de l'étonnement et une sorte de joie candide. Mais, sous ces dehors, une seule question préoccupe les Africains :

> *Qui sont ces gens, entre eux murmuraient-ils,*
> *Quels sont leurs coutumes, leur loi, leur seigneur ?*

Question décisive, en effet : quelle culture, quelle croyance, au nom de quelle puissance, nous arrivent ces inconnus ? Les Portugais se trouvent en meilleure position pour les situer, au moins par quelques traits physiques ou moraux : depuis un siècle ils explorent la côte africaine, depuis les temps lointains de la Reconquête ils connaissent le monde musulman. Seulement, ils ignorent, à ce moment, que leur ennemi héréditaire s'est répandu à l'intérieur de l'Afrique et que cette côte orientale est, à la fois, musulmane et noire :

> *Les gens étaient de cette couleur*
> *Que Phaéton, plus audacieux que prudent,*
> *A laissée dans le monde, en brûlant la terre.*

C'est ce peuple noir et joyeux que les découvreurs laissent monter à bord, comme un essaim d'abeilles, et auquel ils offrent à manger et à boire :

> *A peine avaient-ils jeté l'ancre que déjà*
> *Le peuple étranger montait par le cordage.*
> *Il y a de la joie dans ses gestes et courtoisement*
> *Le capitaine sublime les recevait.*

Ces idylles des premiers contacts entre l'Europe et les nouveaux mondes – celui de Colomb aux Antilles, celui de Cabral au Brésil – sont, hélas, de courte durée. L'inquiétude, la suspicion, bien naturelles, sont toujours à l'œuvre :

> *Tout en mangeant avec joie ils demandaient*
> *Dans la langue d'Arabie, d'où ils venaient ;*
> *Qui étaient-ils ; de quel endroit ; que cherchaient-ils ;*
> *Ou quels recoins de la mer avaient-ils parcouru ?*

Cette curiosité – plus que légitime – va recevoir une première réponse, donner lieu à une *identification* globale, celle où il est question de la nature des acteurs et de la cause finale qui les fait agir :

Portugais, nous sommes de l'Occident,
Nous allons à la recherche de l'Orient.

Tout au long du poème nous trouverons de nouvelles formules d'auto-identification, plus détaillées ou plus grandiloquentes, mais aucune plus grandiose, parce que vraie, dans sa simplicité épique. Dans un seul distique tout est dit : la vérité de la géographie et de l'histoire, mais aussi le sens transcendant de l'aventure, pour ne pas dire son sens initiatique : du royaume de la nuit aux sources du jour. Cette première auto-définition d'une identité en cours de changement est anonyme, ou plutôt, collective. Les Portugais savent qui ils sont, et ce qu'ils font. Collectif est également, sous la plume de Camões, le premier raccourci de l'aventure vécue par tous, le rappel du voyage atlantique, l'exploit mémorable du contournement de l'Afrique, ainsi que la déclaration de fidélité absolue au Roi lointain, puissant, et si aimé que ses marins auraient traversé le lac de l'Enfer avec la même joie s'il le leur avait ordonné. Mais tout cela est déjà du passé. Maintenant les découvreurs veulent savoir à leur tour qui sont *les autres*, et s'ils ont entendu parler des Indes :

Mais le temps est venu de savoir
Si parmi vous la vérité est prisée,
Qui vous êtes, quelle terre est celle que vous habitez,
Et si vous avez des nouvelles au sujet de l'Inde.

Le chant I des *Lusiades* est celui de la suspicion et de l'espérance. Il ne s'agit pas encore de la *vraie* rencontre de l'Occident et de l'Orient, mais seulement de ses prémices. Camões expose ces premiers contacts comme un metteur en scène appliqué, réglant les effets, se plaçant tour à tour du point de vue des Portugais et de celui de leurs nouveaux partenaires, dont les premiers ignorent la vraie identité et les arrière-pensées. Cette immersion dans un espace humain nouveau, encore indéfini, annonce d'une certaine façon le sens cosmique de Claudel dans *Le soulier de satin*. Elle rappelle surtout le Shakespeare d'*Antoine et Cléopâtre*, avec ce silence et cette attente des dieux à la veille de la bataille d'Actium où le destin et la figure du monde ancien étaient, eux aussi, en train de basculer. A leur tour les Maures déclinent leur identité :

Nous sommes, répondit l'un d'entre eux,
Etrangers en ce pays, par la loi et par la race.
Nous suivons la vraie loi, celle qu'enseigna

L'illustre descendant d'Abraham
Celui qui régit à présent le monde.

Puissance contre puissance, donc. Foi contre Foi aussi ? Malgré sa méfiance, le Cheik croit un moment que les Portugais peuvent être des Turcs, les nouveaux croisés de l'Islam, terreur de l'Europe, tout en craignant, à bon escient, qu'ils ne soient des Chrétiens. Il demande à voir les livres de leur Loi, et, d'une façon plus réaliste, la panoplie d'armes que les Portugais apportent dans leurs navires. Vient alors le moment de la grande explication. Il faut annoncer la couleur et courir le risque de la révélation. L'identification se précise et s'approfondit. A la question de savoir si les Portugais sont des Turcs ou des Chrétiens, Vasco de Gama va répondre sans équivoque, se situant dans le monde physique, moral, et surtout religieux, avec clarté et véhémence. Il se définira d'emblée comme *européen* et *chrétien*, ce qui pour lui, d'ailleurs, ne fait qu'un :

Je te renseignerai, illustre seigneur, au sujet
De ma personne, de ma Loi et des armes que je porte.
Je ne suis pas de la contrée ni de la race
Des gens détestés de Turquie ;
Je suis de la puissante Europe belliqueuse ;
Je cherche les terres de l'Inde si fameuse.

Voilà la première inscription de notre aventure nationale dans la maison-Europe qui est, pour Camões, bien moins un espace physique et une histoire commune, que la *Chrétienté*, et une chrétienté, selon lui, en état de légitime défense, précisément contre cette Turquie qui, depuis un siècle – pour le poète – frappe avec succès aux portes de l'Occident. Et c'est de cette chrétienté qu'il évoque la Loi, c'est-à-dire la Foi, sous sa forme la plus militante, en digne représentant de la Réforme catholique qui venait juste de se donner une nouvelle armature théologique, une nouvelle pédagogie et une nouvelle structure au Concile de Trente. L'Espagne et le Portugal devenus puissances maritimes, conquérantes et missionnaires, sont le bras séculier de ce catholicisme sur la défensive à l'intérieur de la chrétienté et, à ce titre, plus intransigeant et plus intolérant que par le passé. Pour des temps comme les nôtres, la profession de foi du héros – c'est-à-dire du poète lui-même et du peuple qu'il exalte – peut avoir quelque chose non seulement d'anachronique, mais aussi de choquant et irrecevable. Mais il faut lire dans le poème ce qui s'y trouve, *sa vérité selon lui et selon le temps qui s'écrit et s'inscrit dans le chant*, sans céder à la tentation typiquement moderne et masochiste de gommer, au nom d'une *universalité vide*, ou d'une compréhension normale de la *différence* et de *l'identité* de l'Autre, notre propre identité. Quelques-uns d'entre nous peuvent penser que nous sommes, nous Européens, entrés depuis longtemps dans l'ère post-chrétienne ou même anti-chrétienne. C'est une perspective qui vient de loin, de très loin, et déjà, à l'époque de Camões, l'Europe était en train de se vivre, sur le plan spirituel et idéologique, comme *royaume divisé*. L'Europe de Camões, notre Europe à nous Ibériques, est tout autre. Mais il connaît et déplore cette division de la chrétienté, et c'est sans doute pour cela que la profession de foi de Vasco de Gama a des accents si dogmatiques. Peut-être le *credo* de l'ancienne Europe en tant que Chrétienté non encore déchirée n'a-t-il jamais été énoncé avec plus de force, de simplicité et d'émotion poétiques que dans ces strophes imaginairement adressées à un chef africain, en réalité proclamées à l'intérieur d'une culture où le visage du Christ en majesté – celui de la cathédrale de Chartres – s'efface et commence à laisser percer celui du Christ – Don Quichotte, en attendant de devenir celui de l'Idiot dostoïewskien, c'est-à-dire, celui d'une Vérité déportée définitivement hors du monde. La Vérité selon Camões est différente :

Ma Loi procède de celui auquel
Obéissent le visible et l'invisible,
Celui qui a créé tout l'hémisphère,
Tout ce qui est sensible et insensible,
Qui a souffert déshonneur et ignominie,
Recevant une mort injuste et intolérable.
Enfin, celui qui du ciel sur la terre est descendu
Pour faire monter les mortels de la terre au ciel.

De ce Dieu-Homme sublime et infini
Je n'apporte pas les livres que tu demandes
Car on peut bien se dispenser d'avoir
En des écrits ce qui dans l'âme doit être gravé.

Comme tous les grands esprits de la Renaissance – ou plutôt de la renaissance crépusculaire que nous appelons maniérisme – Camões fut un habitant de deux mondes, poète de cette loi divine et de son mystère, et poète contradictoire que nous nommons Histoire, réalité obscure et énigmatique qui ne se découvre un sens que dans le miroir de Dieu. La conscience tragique qu'il a eue de sa destinée, sa vie de misère et d'errance dans ce même Orient qu'il dépeint parfois sous les couleurs du rêve, lui ont donné très tôt un profil de poète maudit, mythe que le romantisme, par les voix de Schlegel, de Tieck ou d'Almeida Garrett, entérinera. En fait, il fut l'expression même du classicisme renaissant, l'exemple parfait du dialogue vivant de la sensibilité moderne avec le monde de Virgile et des Anciens. De ce classicisme fait partie le goût du réel, de la vérité sans fard, même s'il court le risque d'entacher son poème glorificateur de ce que certains, à tort, imaginent comme des défauts. En fait, Camões connaît l'envers de la tapisserie éclatante qu'il déroule devant nous comme autant de tableaux parlants ; il n'est pas totalement dupe de la sublimation épique de notre aventure maritime et il nous le fait savoir, soit en son nom, soit en donnant la parole *à l'autre*. A l'image idéale des porteurs du Christ, des chevaliers de l'Europe policée – le mot civilisation n'existe pas encore – il offre, en contrepoint, la parole de l'ennemi, la rumeur, l'écume noire de nos exploits de croisés-marchands. Peu importe que ce soit dans la bouche de Bacchus, symbole des forces opposées à la réussite du Grand Voyage que nous trouvions l'autre face de la vérité. Sa stratégie annonce déjà celle des *Lettres persanes*, discours critique sur nous-mêmes sous le masque de l'autre :

Il leur dit combien ils étaient de fieffés brigands
Ces gens depuis peu parmi nous ;
Car, des peuples qui vivent au long des côtes,
La renommée s'est répandue des vols accomplis
Par ces hommes qui ne faisaient que passer
Feignant d'aborder toujours sous le signe de la paix.

Et il ajoute encore qu'il sait bien
Comment ces Chrétiens sanguinaires
S'y sont pris pour détruire toutes les côtes
Par la rapine et la violence du feu.

Ainsi, l'Europe camonienne, celle du passé glorieux qu'il évoque, tout comme celle de son présent, est aussi celle de cette *violence*. L'ami de Diogo de Couto, le chroniqueur réaliste et peu épique de nos faits et gestes en Orient, sait de quoi il parle. Plus tard, devant le premier roi africain ami, le roi de Melinde, Vasco de Gama, héros du voyage sans pareil, se doit d'inverser cette image, cette légende noire accrochée à l'aventure héroïque :

Nous ne sommes pas des brigands qui en passant
Par les faibles villes sans défense
Tuent les gens par le fer et par le feu
Pour leur voler les richesses convoitées ;
Nous naviguons depuis la superbe Europe
A la recherche des terres lointaines
de l'Inde, grande et riche, sur l'ordre
D'un Roi qui nous régit, noble et puissant.

Gama – ou le poète à travers lui – a beau invoquer le droit des gens, celui de la libre communication entre les hommes – élaboré un peu avant par Francisco de Vitoria pour justifier la colonisation de l'Amérique indienne ou pour parler déjà de la libre circulation maritime, dont bientôt Hugo Groce fera un traité – une ombre se glissera toujours entre l'image mythique de l'aventure et sa réalité vécue. Ce décalage, d'ailleurs, confère au poème non seulement sa vérité profonde, mais son humanité. Camões doit beaucoup de son savoir poétique et de sa musique à l'Arioste, mais il ne peut et ne veut pas, comme l'auteur de *Roland Furieux,* dépeindre un monde de féerie, ou de fantaisie chevaleresque. Il serait excessif de dire que Camões peint d'après nature, comme il lui arrive quelquefois : il peint et il recrée les récits colorés de nos grands chroniqueurs et historiens de l'Asie, en particulier Joâo de Barros, des hommes de minutie et de vérité, éblouis comme lui par la singularité des autres, par leur étrangeté, tout en les acceptant comme telles, qu'il s'agisse de leur rituel du pouvoir ou leur musique :

Une barque grande et large
Amène le Roi de Melinde, accompagné
Des nobles de son royaume et de seigneurs ;
Il arrive de riches parures revêtu
Selon leurs usages et raffinements.

A la proue retentit étrange et joyeuse, la musique
Au son âpre, désagréable à l'oreille ;
Des trompes tout incurvées,
Mal accordées remplissent les airs d'un grand fracas.

Aucune complaisance dans ce tableau, aucun paternalisme ; uniquement la relation d'une cérémonie évoquée dans le même esprit et selon les mêmes schémas européens que la rencontre du *Drap d'Or* entre Henri VIII et François Ier. Certes, cette curiosité envers l'autre, cette reconnaissance de l'autre en tant que lui-même, ont derrière elles une longue et belle histoire, d'Hérodote à Marco Polo, mais, au temps de Camões, elles étaient vraiment devenues un *habitus* européen. Leur inévitable eurocentrisme ne retire rien à leur potentielle universalité. La division humaine ne passe plus par la race, par la couleur de la peau, pas même par la croyance, mais par la révélation de “quelque chose de commun”, *bonne foi, bonté* que nous nommons humanité, équivalent de la *piété* dans le monde de Virgile. Tel est le sens de la louange de Vasco de Gama à l'adresse du roi de Melinde qui, malgré sa qualité de Maure, l'accueille en ami :

Toi seul, de ceux qu'Apollon a brûlés
Nous a reçus en paix venus de la mer profonde.

Là où je vivrai et où ma renommée se perpétuera
Vivra aussi la mémoire de ton geste,
A l'image du cours des étoiles
Autour du pôle, et du rayonnement du soleil.

Le roi de Melinde est l'Autre-même, et c'est à cet autre, à celui qui *écoute*, que Vasco de Gama découvre, enfin, son *identité*, c'est devant lui, roi empreint d'humanité, qu'il se livre plus en profondeur, rappelant la contrée d'où il vient, son profil moral, avant d'enchaîner sur l'histoire de son peuple. L'évocation camonienne de l'Europe, toutefois, est typiquement humaniste, simple portrait synthétique et mythique de ses peuples, de ses nations, suivi quelquefois d'une caractérisation sommaire de leur idiosyncrasie. L'Europe dans son ensemble est presque toujours évoquée comme *soberba*, superbe, orgueilleuse :

Entre la zone signalée par la tropique du Cancer
Limite septentrionale du soleil brillant
Et celle que froide nous craignons autant
Que l'autre du milieu pour son ardeur,
Gît la superbe Europe.

Rien de bien original dans cette vision camonienne de l'Europe et de ses habitants. C'est un monde décrit d'après les livres, un monde que le poète n'a pas visité, amas confus de peuples et de pays, dont le portrait semble, par son volontaire archaïsme, plus proche des descriptions de Strabon ou de Jules César, que des cosmographes du XVIe siècle. Camões reprend pour les nations de son temps les désignations anciennes, il nous parle, comme en s'amusant, des Scythes, des Sarmates, des Ruthènes, des Moscovites, à côté des Saxons, de la froide Laponie, de l'inculte Norvège (sic), et, avec plus de précision dans l'ordre physique et historique, de l'Italie anciennement maîtresse du monde et, aujourd'hui affaiblie par la présence du Portier Divin, ou des Gaules où César a autrefois triomphé. Description rapide, magique, conduite par une seule idée : situer, détacher de l'ensemble la “noble Espagne”, patrie commune d'Espagnols et de Portugais :

Voilà que se montre à nous la noble Espagne,
Digne chef de l'Europe entière ;
Dans ses domaines et son étrange gloire
A exercé son pouvoir la roue fatale ;

Mais jamais par la force ou par la ruse
La fortune changeante n'y laissera de tache
Qui ne soit effacée par l'effort et l'audace
Des âmes guerrières qui l'habitent.

Cet orgueil ibérique, cette exaltation, ce sentiment de prééminence historique a, alors, des excuses : Philippe II règne sur presque la moitié de l'Europe, l'Invincible Armada n'a pas encore péri aux mains de Drake, et notre jeune roi, seigneur d'un espace où le soleil ne se couche pas ignore que tous ses rêves, et les rêves de son peuple, se perdront bientôt dans les sables du Maroc. Nous sommes ce "royaume lusitanien" :

De toute l'Europe presque front couronné
Là où la terre finit et la mer commence.

Nous, qui nous vivrons plus tard comme Europe excentrée, sinon excentrique, confrontés avec la solitude atlantique, nous sommes alors, pour lui, une sorte de pivot du monde, une patrie, maîtresse fragile des mers, Europe sortie de ses limites pour ne jamais revenir entièrement sur ses pas. Dans ces vers qui sont devenus pour chacun de nous une sorte de carte d'identité intime, Camões-Gama, confondant dans un seul acte le voyage aux Indes et l'entreprise, plus miraculeuse encore, de l'écriture de son poème, adresse alors à sa petite patrie la prière de son cœur errant :

La voilà mon heureuse patrie bien-aimée,
Là-bas, si le Ciel permet que délivré du danger
Je revienne, cette entreprise achevée,
Je veux bien que cette lumière s'éteigne avec moi.

C'était l'institution du Portugal comme Patrie-Saudade, prière mille fois récitée, comme celle du peuple juif pour Jerusalem, par des générations innombrables de Portugais dispersés aux quatre coins du monde. Si un tel peuple mérite qu'on rappelle l'histoire de ses heurs et malheurs, c'est uniquement par le fait qu'il apparaît, depuis toujours, tendu vers ce but unique, cette ouverture au monde, dont le voyage de Gama est seulement le signe visible. Plus proche de nous, un autre de nos grands poètes a écrit que "tout Portugais qui est seulement Portugais n'est pas un vrai Portugais." Dans l'optique du temps, et, le sentant encore plus dans son esprit et dans sa chair, Camões n'a pas dit autre chose. Mais cela pourrait s'étendre aussi à l'Europe sortie d'elle-même avec nous, comme Camões le répète sans cesse tout au long de son poème. A travers les découvreurs, l'Europe ouvre les yeux sur le monde, le monde ouvre les yeux sur l'Europe, en un dialogue qui se fait histoire universelle et qui, maintenant, n'aura plus de limites. De ce *regard-monde*, le poème camonien est la première expression consciente et accomplie. Camões a compris que l'important ce n'était pas un "fait divers" de l'Histoire, même exceptionnel, comme celui incarné par Vasco de Gama au service d'un petit peuple de l'Europe, mais l'aventure symbolique de la communication humaine à l'échelle universelle, la vérification, pour ainsi dire, expérimentale, que l'humanité est une seule, partout semblable et différente. Les hommes peuvent avoir un regard commun sur eux-mêmes, ils peuvent avoir sur *la machine du monde*, c'est-à-dire le "système du monde" pour reprendre l'expression de Pierre Duhem, une vue d'ensemble, et comprendre un peu mieux où ils sont et ce qu'ils doivent faire. Nous savons tous que *Les Lusiades* se terminent symboliquement par cette vision de la *machine du monde* offerte en récompense à ceux qui osent affronter les mystères de la nature et les embûches du Destin. Cette contemplation englobe la réalité cosmique, la réalité terrestre, la place des continents et des peuples dans le monde. Vision "plus qu'humaine" que Camões attribue à la déesse Thétys, divinité maritime, bien placée pour apprécier l'enjeu inclus dans l'aventure que les hommes ont menée à bien pour connaître le monde où ils habitent. Mais ce qui est véritablement intéressant dans ce dernier regard panoramique sur notre planète, c'est le fait qu'il ne se déploie plus selon une perspective centrée en Europe, comme tous les autres, mais à partir d'un point idéal, extra-européen. Ce nouveau regard est celui du citoyen d'un autre monde, un espace que Camões connaît mieux que personne, celui où il s'est promené avec son poème, en somme, l'espace

des nouvelles contrées de l'Orient
Que vous autres en ce moment offrez au monde,

comme le chante la nymphe Thétys. Certes, l'Europe y est toujours évoquée à la première place, dans le défilé des continents :

Regarde l'Europe chrétienne plus haute et illustre
Que les autres dans l'art de gouverner et la vaillance

mais c'est sur le panorama détaillé du continent africain et asiatique, du nouvel empire mi-réel mi-fabuleux de l'Orient que le poète promène, comme un Saint-John Perse de la Renaissance, son regard extasié ; c'est à partir de là, de ce nouveau théâtre de l'homme occidental, qu'il survole l'univers connu, du Groënland à la Terre de Feu, du Mexique et du Brésil au Japon et à Timor.

Nous sentons que Camões connaît ce monde nouveau, son commerce, ses usages, ses rites, bien mieux que ceux de son Europe natale. Nous comprenons que n'est pas un vain mot son aveu d'avoir laissé "son âme éparpillée de par le monde". Et c'est au nom de cette aventure nouvelle, accomplie, selon lui, au nom du Christ, que Camões se permet d'apostropher avec rudesse l'autre Europe, l'Europe restée à quai, continent en perpétuelle guerre contre lui-même et, depuis un demi-siècle, séparé, déchiré, au nom même du Christ. Il compare alors les grands peuples de cette Europe divisée aux *dents de Cadmos*, ces dents du géant de la fable grecque qui, tombées à terre, devenaient à nouveau des géants qui s'entretuaient :

Chrétiens misérables : seriez-vous par hasard
Les dents de Cadmos éparpillées
Qui les unes les autres se combattent
Etant toutes nées de la même souche ?

Gardons-nous de rapprochements anachroniques et laissons en paix les démons, jamais définitivement endormis, de nos anciennes querelles et de nos déchirements. L'Europe camonienne n'est plus, depuis longtemps, *notre* Europe, mais les traces de la déchirure du XVIe siècle sont encore présentes dans nos mémoires et nos arrières-pensées. A cette ancienne division, d'autres plus récentes et plus douloureuses sont venues s'ajouter. L'Europe n'a plus l'exclusivité de ce *regard planétaire* que les grandes découvertes, et l'essor scientifique ensuite, lui assurèrent pendant des siècles. Son esprit, sa culture, ne s'assument plus en tant que ceux de la Chrétienté, même divisée, comme au temps de Montaigne, de Camões, de Cervantes et de Shakespeare.

Ce poème, plein de la rumeur de tous les océans, rempli de l'écho de tant de paysages et de langues de la Terre, dépasse, depuis toujours, son auditoire restreint, et s'inscrit par sa beauté et par son esprit, parmi ces chants que Michelet considérait comme la voix anonyme de l'Humanité. Depuis peu, après une longue veillée d'armes, comme si nous étions de tout jeunes postulants, les portes de la Grande Europe se sont ouvertes devant nous. L'Europe ne nous aurait pas autant fait attendre, si elle connaissait mieux le poème qui, le premier, a recueilli son image voyageuse en quête d'universalité.

Eduardo LOURENÇO.

L'ENVERS DE L'ÉPOPÉE

L'épopée de la nation portugaise, ce sont les Découvertes, les Navigations, l'expansion outre-mer. L'histoire officielle en célèbre la gloire depuis des siècles. Toutes les familles spirituelles du pays sont fascinées par ce passé, non seulement celles qui exaltent le patriotisme, la tradition, la religion, bref les valeurs « de droite », mais aussi celles qui se disent libérales, démocrates, voire révolutionnaires. Les *Lusiades* (1572), où Camões a chanté le premier voyage de Vasco de Gama aux Indes, sont toujours le poème national des Portugais. Depuis le 25 avril 1974 le Portugal a pris, certes, le grand virage de la décolonisation, et s'est replié sur son territoire européen. Et pourtant le 10 juin, jour anniversaire de la mort de Camões, est toujours célébré comme une fête nationale. La seule différence, c'est qu'au lieu d'être le *jour de la race*, il est devenu le *jour du Portugal, de Camões et des Communautés portugaises.*

Mais si cette tradition est dominante, elle n'est pas exclusive. Un courant contraire a toujours existé, au Portugal, depuis l'origine. Des voix critiques et irrespectueuses n'ont jamais cessé d'y dénoncer les petitesses et les turpitudes qui ont accompagné la grandeur et la gloire. C'est, si l'on veut, l'envers de l'épopée. Nous voudrions présenter ici deux exemples caractéristiques de ce courant satirique et démystificateur.

I

Le premier est une petite pièce de théâtre représentée en 1509, à la cour du roi Manuel 1er, et intitulée *O auto da India.* Je traduirais volontiers ce titre par « La farce de l'Inde ». L'auteur en est Gil Vicente, qui depuis 1502 était chargé de l'organisation des spectacles à la cour. Poète, dramaturge, musicien, metteur en scène et acteur, Gil Vicente était un personnage officiel, attaché plus particulièrement, à cette époque, à la reine Éléonore, veuve du défunt roi Jean II et belle-sœur de Manuel 1er. Nous sommes donc en 1509. La liaison maritime du Portugal avec l'Inde a été inaugurée en 1497-1499 par le mémorable voyage de Vasco de Gama. Depuis lors le roi Manuel n'a cessé d'expédier de nouvelles flottes, et il s'est enrichi par le commerce des épices. En 1505 est parti Dom Francisco d'Almeida, premier vice-roi des Indes. En 1506 une escadre commandée par Tristão da Cunha, emporte

Alphonse d'Albuquerque, qui sera gouverneur de 1509 à 1515. Nous sommes donc dans la période ascendante de l'expansion portugaise. Alphonse d'Albuquerque va bientôt conquérir Ormuz (1507), Goa (1510) et Malacca (1511). Le roi Manuel 1er jouit en Europe et dans tout l'Orient d'un prestige incomparable.

Or c'est alors, justement, que Gil Vicente fait représenter sa petite farce. Le personnage principal est l'épouse d'un soldat parti pour les Indes dans la flotte de Tristão da Cunha, en 1506. Restée seule à Lisbonne avec sa servante, elle n'a qu'une idée en tête : prendre du bon temps pendant l'absence de son mari. Celui-ci a commencé par faire un faux départ, car la flotte a été retardée : notre héroïne a eu grand peur qu'il ne revînt, à la maison, et elle en a pleuré de rage. Mais le mari a fini par partir pour de bon. Alors va commencer la belle vie. L'épouse, qui s'appelle Constance par antiphrase, dévoile ses intentions à sa servante :

– « Voilà qui serait plaisant : se voir ainsi jeune et jolie et rester à attendre ce malotru ! Déjà, quand il va à la pêche en mer à une demi-lieue d'ici, tu sais ce qui se passe. A plus forte raison s'il est à Calicut ! Peut-on attendre si longtemps ?... Il faut prendre du plaisir. Pourquoi vieillir en attendant le vent ? Je serais bien bête si je faisais le contraire. Ils partent d'ici au mois de mai, quand le sang nouveau vous échauffe. Tu trouves que c'est juste ? »

Et voilà Constance qui met ses projets à exécution. Deux amants se présentent. Pendant qu'elle prend ses ébats avec l'un, l'autre (un Castillan exigeant et irascible) s'impatiente à la porte. La servante ne cache pas son admiration :

– « Quelle habileté, quelle astuce a ma maîtresse ! Un dans la rue, l'autre dans son lit !

Alors le temps s'accélère, et le rythme endiablé de l'action ramasse en quelques minutes des événements qui dans la réalité auraient duré de longs mois. Il y a déjà trois ans, observe la servante, que la flotte est partie : le mari va bientôt rentrer au logis. Mais l'épouse infidèle n'a pas senti le temps passer :

– « Moi, je dirais un an et demi ».

Mais le voilà effectivement qui débarque. Alors il convient d'observer attentivement la façon dont est dépeint cet ancien combattant, cet héroïque navigateur. Constance le trouve « tout noir et tout halé » (ce qui à l'époque n'est pas un compliment). Puis la conversation suivante s'engage entre les deux époux :

La Femme : Comment cela s'est-il passé ?

Le Mari : J'ai essuyé bien des tempêtes.

La Femme : Et moi, comme j'ai pleuré quand la flotte s'en est allée ! Quand j'ai vu que vous mettiez à la voile et que vous commenciez à vous éloigner, Jésus, j'en suis morte. Je n'ai rien mangé pendant trois jours. Mon âme voulait me quitter ».

Le mari conte alors une grande tempête, qui a duré trois jours. Puis le voyage a continué, et la flotte est arrivée dans la Mer Rouge, que l'on appelait en ce temps-là le Fleuve de la Mecque :

« *Le Mari* : On est allé au Fleuve de la Mecque. On s'est battu et on a pillé, et on a couru bien des dangers, à la voile et à sec de toile ».

Et un peu plus loin :

« *La Femme* : Est-ce que là-bas vous vous souveniez de moi ?

Le Mari : Et comment !

La Femme : Ah, morbleu ! Il y a là-bas de très belles Indiennes. Vous avez dû prendre du bon temps, pendant que moi, pauvrette, je restais ici enfermée à la maison, sans même consentir, pour ma réputation, à ce qu'une voisine entre chercher une braise !

Le Mari : Là-bas, je vous le dis, il y a toutes ces fatigues, tous ces morts, tous ces combats, tous ces dangers infinis. Nous avons été mis en pièces, écrabouillés comme des fourmis.

La Femme : Mais vous êtes maintenant très riche ?

Le Mari : S'il n'y avait pas eu le capitaine, j'aurais ramené ma part : un million, je vous assure ».

Mais tout se termine dans la bonne humeur. Mari et femme reprennent la vie commune, et Constance réintègre le lit conjugal sans la moindre gêne, et même avec un certain plaisir.

Voilà donc les héros de l'Inde réduits aux dimensions de l'humanité moyenne. Le mari de l'inconstante Constance est à la fois fourbu, cocu et battu. La glorieuse aventure a consisté pour lui à courir d'immenses dangers, sur la mer et à la guerre, à se livrer au pillage, à être un soldat vaincu, et à rentrer au pays aussi pauvre qu'il en était parti.

Le lecteur moderne, devant cette petite farce, se pose bien des questions. Il a peine à croire qu'une pièce aussi irrespectueuse ait pu être jouée à la cour d'un roi qui, au même moment, étonnait l'Europe entière par ses victoires en Asie, qu'elle ait été très précisément écrite pour la dévote reine Éléonore, et que l'auteur en soit ce même Gil Vicente qui, dans d'autres œuvres, a chanté ce qu'on a appelé « l'idéologie de la Croisade », présentant le Portugal des Découvertes et des conquêtes comme le champion du Christ, comme le peuple dont la vocation est de combattre l'Islam et de convertir le monde. Sans doute notre étonnement s'explique-t-il parce que nous avons perdu le sens de ce que Mikhail Bakhtine appelle la « culture comique populaire », celle du Carnaval, de la place publique et de la farce, celle de la *Nef des Fous* et de François Rabelais. En 1509 le Portugal ignorait encore l'Inquisition et ses contraintes (le Saint Office ne sera introduit dans le royaume qu'en 1536). Une très ancienne tradition de satire et d'irrespect était toujours vivante. Incapables de la supprimer, les autorités religieuses et civiles, comme dans le reste de l'Europe, l'avaient canalisée, acceptant qu'à de certaines dates et dans certaines conditions les joyeuses gaudrioles carnavalesques se donnent libre cours. La farce était justement une des formules admises pour ces explosions d'irrespect. Ainsi s'expliquent sans doute les audaces de notre petite pièce, qui éclate au milieu d'une société toute pénétrée de l'idéologie officielle comme un bruit incongru au milieu de la grande messe.

II

L'œuvre que nous évoquerons maintenant est d'une tout autre nature et d'une tout autre dimension. Il s'agit de la *Pérégrination* de Fernão Mendes Pinto. L'auteur était né vers 1510. Il s'embarque pour l'Asie en 1537, y mène pendant ving-et-un ans une existence aventureuse, regagne le Portugal en 1558, occupe sa retraite à écrire l'histoire de sa vie, et laisse à sa mort, en 1583, un gros manuscrit qui ne sera publié qu'en 1614, à Lisbonne, sous le titre de *Peregrinação de Fernão Mendes Pinto*. Il en existe de nombreuses rééditions, ainsi qu'une traduction française du XVIIe siècle intitulée *Les voyages advantureux de Fernand Mendez Pinto*, « fidèlement traduicts de portugais en françois par le Sieur Bernard Figuier, gentilhomme portugais » (à Paris, chez Mathurin Hénault, 1628).

Les années que Mendes Pinto passe en Asie, – de 1537 à 1558 –, marquent sans doute l'apogée de la puissance portugaise dans cette partie du monde. Le Portugal possède maintenant, en divers endroits stratégiques de l'Afrique Orientale, de la Péninsule Arabique, de l'Inde et de la Malaisie un ensemble de places fortes et de points d'appui qui lui permettent de développer un commerce florissant et de défendre ses intérêts contre ses ennemis, en particulier contre les rivaux permanents que sont pour lui les Musulmans, autrefois maîtres exclusifs des voies commerciales. Cet « Empire » maritime d'un type bien particulier a pour capitale Goa, sur la côte occidentale de l'Inde, et du côté de l'Orient il se termine à Malacca. Plus à l'Est quelques places maintiennent une certaine présence portugaise jusqu'aux Moluques (la forteresse de Ternate a été construite en 1532). Mais entre Bornéo et le Japon, toute l'immense Mer de Chine et les rivages qui la bordent ne comportent aucun point d'appui, aucune présence permanente de la puissance portugaise. Macao, sur la côte de Chine, ne sera cédée au Portugal qu'en 1557, – donc tout à fait à la fin du séjour de Mendes Pinto en Asie.

Pendant les vingt-et-un ans que Mendes Pinto passe en Asie, il existe donc jusqu'à Malacca, en certains points, une présence portugaise organisée et permanente. Mais plus à l'est, sur les côtes de ce qui est aujourd'hui la Malaisie, le Vietnam, la Chine et le Japon, il n'y a plus rien. Ajoutez qu'entre 1522 et 1554 les relations que le Portugal avait commencé à entretenir avec la Chine depuis 1513 sont interrompues. L'Empire chinois se replie sur lui-même et refuse toute forme de contact avec l'étranger. Toutes les mers situées au-delà de Malacca, entre les continents et les îles, sont donc pendant la plus grande partie de cette période de l'histoire une zone qu'aucune puissance organisée ne vient policer, où règne la piraterie, où le commerce ne peut se faire autrement qu'en contrebande, et où chacun cherche à se faire soi-même justice. Dans ce monde brutal, cynique et pervers tout est possible, les fortunes les plus fabuleuses et les catastrophes les plus soudaines. C'est un terrain de chasse parfait pour ceux qui, comme Fernão Mendes Pinto, sont peu scrupuleux, aiment l'aventure et rêvent de fortunes faciles.

Pour la plus grande partie de cette période, nous ne connaissons la vie de Fernão Mendes Pinto que par ce qu'il nous en dit lui-même dans sa *Pérégrination.* Et Dieu sait que nous avons mille raisons de ne pas le croire sur parole ! Des témoignages historiques objectifs n'apparaissent qu'à partir de 1554. Il faut donc, dans un premier temps du moins, s'en rapporter à la *Pérégrination.*

Il y a, dans le récit des aventures de Fernão Mendes Pinto, deux parties bien distinctes : pour tout ce qui s'est passé entre son arrivée en Asie (1537) et sa rencontre avec François Xavier au Japon (vers 1551), notre unique source d'information est la *Pérégrination* elle-même. Ensuite, l'entrée en scène des jésuites nous fait accéder à la véritable histoire. Cela est surtout vrai pour tout ce qui s'est déroulé à partir de l'arrivée des cendres de l'Apôtre à Goa, en 1554. Dans deux mémoire présentés à l'Académie des Sciences de Lisbonne en 1904 et 1906, Cristóvão Aires a révélé d'importants documents provenant des jésuites. Il s'agit de lettres écrites par les Pères, que l'on lisait pendant les repas dans les collèges de la Compagnie. Certains de ces documents racontent dans le détail les événements auxquels Mendes Pinto a participé en 1554 et dans les années suivantes. Voici ce qu'ils nous apprennent :

En 1554, Fernão Mendes Pinto se trouve à Goa. C'est un riche négociant qui, fortune faite, se prépare à regagner l'Europe pour y passer en paix le reste de ses jours. Or c'est cette année-là que le corps de François Xavier, qu'il avait connu au cours de son troisième voyage au Japon, est ramené de Chine à Goa. Le Père Maître Belchior, supérieur des Jésuites en Asie, va attendre en mer le vaisseau qui transporte les cendres de l'Apôtre, que tout le monde considère déjà comme un saint. Mendes Pinto l'accompagne dans cette pieuse mission. Il assiste aux émouvantes cérémonies qui ont lieu à Goa pour les funérailles du saint. Et c'est alors qu'il est foudroyé par la grâce. Après une brève retraite dans une des maisons de la Compagnie, il décide de tout abandonner. Il liquide son immense fortune. Une petite partie ira au Portugal soulager ses sœurs et son frère, mais l'essentiel est donné à la Compagnie. C'est la classique conversion du pêcheur : Mendes Pinto ne possède plus rien. Il demande aux jésuites de l'accueillir parmi eux, et sa prière est exaucée. Bien plus : il fera partie de la mission de onze personnes qui, sous la conduite du Père Maître Belchior, quitte Goa en avril 1554 pour aller évangéliser le Japon. Il est le Frère Mendes Pinto.

Cette dernière aventure commence comme une journée du *Soulier de Satin*. Il faut d'abord atteindre le Japon, ce qui n'est pas une mince affaire. Arrivée à Malacca en juin 1554, la petite troupe doit attendre la mousson de l'année suivant pour poursuivre sa route. Partie de Malacca le 1er avril 1555, elle arrive dans l'archipel de Macao le 20 juillet, apès avoir essuyé plusieurs tempêtes. Là, nouvelle attente jusqu'à la mousson de 1556. Enfin, au mois de juillet de cette année-là, les voilà qui arrivent enfin au Japon.

Et c'est alors que se produit un dernier et définitif retournement. Le Frère Mendes Pinto déclare que, tout bien considéré, il n'a pas la vocation. Il plante là ses compagnons, redevient pour quelques mois le trafiquant qu'il avait si longtemps été, revient à Goa, et, en 1558, regagne définitivement le Portugal. Cette dernière volte-face, il faut le préciser, a sans doute été moins tragique qu'on pourrait le croire. Mendes Pinto n'avait pas reçu les ordres. Il n'est donc pas, à proprement parler, un défroqué. Il reste que la Compagnie a ressenti ce départ comme un abandon, et qu'elle ne le lui a jamais pardonné.

*

Les critiques modernes, en se penchant sur cet étonnant personnage, ont été frappés par ce qu'il y a en lui de contradictoire et de confus. Il est impossible de croire tout à fait à tout ce qu'il raconte, mais en même temps il est impossible de ne pas y croire un peu, en raison de la précision et de l'exactitude de certaines des informations qu'il nous donne sur la lointaine Asie. Alors certains se sont efforcés d'effacer ces inconséquences, et de ramener cette personnalité et cette œuvre à l'unité, en y trouvant par exemple un trait principal, une tendance dominante. On a ainsi vu dans l'auteur de la *Pérégrination* une sorte de *picaro* portugais, un écrivain satirique, voire un précurseur de l'exotisme. Toutes ces réductions sont, à notre avis, artificielles. Il faut en prendre notre parti : les contradictions de notre homme sont une donnée de fait dont il faut s'accommoder. Elles sont, comme on dit aujourd'hui, *incontournables*.

Il y a d'abord eu la tentation de la fortune. Pendant les vingt-et-un ans passés en Asie, Mendes Pinto a été (en mettant à part l'intermède de la mission au Japon) un de ces trafiquants avides de profits rapides qui proliféraient dans tout l'Orient. Il y avait parmi eux de simples aventuriers, d'anciens soldats, et aussi beaucoup de fonctionnaires qui, parallèlement à leurs activités officielles au service du roi, faisaient leurs affaires à titre privé. Au-delà de Malacca, dans une zone livrée à l'anarchie, ces trafiquants devenaient volontiers pirates. Ils louaient parfois leurs services aux potentats locaux. Ils risquaient leur fortune sur des « coups » particulièrement osés. En cas de succès, c'étaient d'énormes gains. Mais un typhon, une trahison, l'attaque d'un corsaire pouvaient tout ruiner. António de Faria, et Mendes Pinto lui-même ont mené cette vie-là, mêlant le trafic à la piraterie et même à la diplomatie. Notre homme finalement, a réussi, puisqu'en 1554 il se prépare à regagner l'Europe fortune faite.

C'est alors que, touché par la grâce, il subit l'assaut de la seconde tentation, celle de la religion. Et quel assaut ! Sa totale sincérité ne fait pas de doute, puisqu'il renonce à tous ses biens. Et c'est la folle et héroïque entreprise de la mission au Japon. La vie de Mendes Pinto semble ainsi s'organiser comme une gigantesque antithèse. Jusqu'au jour où il abandonne cette nouvelle voie pour revenir à ses premiers penchants.

Le voilà enfin au Portugal, occupé à écrire le récit de ses aventures, qui sera la *Pérégrination*. Dès lors, c'est dans la rédaction de cette œuvre que s'exerceront sur lui de nouvelles tentations. Et d'abord, celle du reportage. Les pays lointains éveillaient à l'époque, dans le public européen, une très vive curiosité.

Mendes Pinto déverse donc dans son livre une énorme masse d'informations sur l'Asie du Sud-Est, les îles de la Sonde, la Chine et le Japon. Beaucoup de ces informations sont exactes, d'autres le sont moins. Mais le public n'avait pas le moyen de faire la différence. En tout cas, c'est cet aspect de l'œuvre qui, à l'époque, a été surtout goûté. Cela explique son succès, les nombreuses rééditions, les traductions en plusieurs langues.

Mais une autre tentation ne tarde pas à se faire jour : celle du roman d'aventures. Le voilà donc qui enjolive les événements réels par des digressions imaginaires, et qui construit de toutes pièces des intrigues fabuleuses, et de plus invérifiables. Pour les contemporains, cet aspect de la *Pérégrination* n'a pas dû être l'un des moins goûtés. Comment ne pas trembler au récit de tant de naufrages ? Comment ne pas se passionner à l'évocation des dangers courus dans tant de combats ? Comment ne pas admirer António de Faria poursuivant implacablement le pirate Coja Acem ? Et le pillage des tombeaux des empereurs de Chine ? Et les aventures de Mendes Pinto en Tartarie ? Et la « découverte » du Japon ? Beaucoup de lecteurs, dès la publication du livre, ont reproché à l'auteur d'avoir menti sur des points essentiels. Le jésuite allemand Georg Otto Schurhammer a été, de nos jours, l'un des plus sévères censeurs de ces affabulations. Mais ces accusations paraissent un peu déplacées si l'on prend la *Pérégrination*, non pas comme un reportage objectif, mais comme un roman d'aventures imaginaires. C'est là, en tout cas, une des « tentations » à laquelle Mendes Pinto a le plus volontiers succombé.

Tout ce qui a été dit ici nous montre que, sur bien des points, la *Pérégrination* présente l'« envers de l'épopée ». On y voit, certes l'héroïque acharnement des jésuites dans l'évangélisation de l'Asie. Mais on y voit aussi les excès de la *traficância*, la cupidité insatiable de certains Portugais, leur brutalité et leur égoïsme.

Paul TEYSSIER.

LISBONNE : SONGE D'EMPIRE ET EMPIRE DES SONGES

"... pays à l'ombre de l'histoire
pays solitaire pays du fin fond..."

Mendes de Carvalho.

"Dans la cité s'exalte ce qui, en lumière et dureté, ajourne la mort."

Fernando Martinho.

Ce fut vraiment la capitale d'un empire – le dernier empire colonial à disparaître des cartes, il y a quelques années. Un empire en vérité déjà défait, comme le rappelait Pessoa dans son livre *Message*, depuis fort longtemps. Peut-être depuis la disparition énigmatique du roi Dom Sébastien en 1578, dans les sables du désert marocain où il avait conduit sa folle quête d'épopée.

Alors bien sûr, il reste ici des traces de la gloire passée : Tour de Belém, Monastère des Hiéronymites, par exemple, architectures marquées par la subtilité et la richesse du style dit *manuélin*, en l'honneur du roi Dom Manuel dont le règne marqua l'apogée de l'empire. Là, sont fixés dans la pierre les signes – cordages, végétaux exotiques, monstres marins, etc. – les plus vifs de l'aventure maritime.

POMBAL, OU L'AFFIRMATION

Puis il y eut un autre désastre, qui fit couler beaucoup d'encre, et pas seulement à Voltaire. Sur les décombres de la cité martyre, le marquis de Pombal, animé de toutes les idées puissantes du Siècle des Lumières, a édifié une nouvelle cité où les songes relatifs à l'empire se sont inscrits dans l'architecture : l'urbanisme pombalien de la Place du Commerce et de la Baixa (la ville basse) s'est voulu rationnel, uniforme, solennel, affirmation magistrale de clarté et de puissance. A cette nation torturée par son passé glorieux, éperdue pour un sens qui toujours déjà se dérobe, en proie par conséquent aux tortures délicieuses d'une schizophrénie baroque, Pombal offrait là une île de classicisme dans un archipel d'architectures polymorphes et instables. L'"âme" portugaise trouvait ainsi un havre possible pour son identité, un lieu propice aux mises en scène des fastes de l'empire fantômatique qui se survivait tant bien que mal à lui-même, voué désormais, selon le mot de l'écrivain contemporain Lidia Jorge, à n'être qu'une manière d'empire "métaphysique".

La Baixa, royaume merveilleux, ou prison dorée, c'est selon, puisqu'aussi bien ce quartier impérial est structuré, comme le rappelle le poète espagnol Angel Crespo, tel un labyrinthe antique, d'après la loi de l'éternel retour du même. C'est que l'ambiguïté de la ville est aussi sensible dans ce quartier : espace monotone et triste, imposant et neutre (espace d'un pouvoir en quête de soi), il faut qu'il soit balisé, afin de prendre sens et d'inciter à un parcours dynamique et rituel. En son centre, bien sûr, c'est la *voie royale*, la Rua Augusta que les rois empruntaient, justement, pour remonter du fleuve jusqu'au Rossio. De part et d'autre de cet axe solennel, ce sont les *fils d'Ariane précieux de l'alchimie*, la rue de l'Argent (Rua da Prata), et la rue de l'Or (Rua Aurea). Dans l'autre sens, parallèles au Tage, ce sont les *voies sacrées* qui indiquent la rencontre, l'échange, l'évasion : rue du Commerce, rue de la Conception, rue de la Victoire, rue de l'Assomption, tout un programme *initiatique*, expression d'une volonté de vaincre les mauvais songes et d'accomplir les bons – d'instaurer ou de restaurer l'empire, ne serait-ce qu'en songe.

MARIALVA, OU LES RITES DE LA PUISSANCE

La fête de l'empire, c'est par excellence la course de taureaux, qui fut codifiée et illustrée, au XVIIIe siècle, par le marquis de Marialva, figure tutélaire de l'art tauromachique portugais.

Or curieusement cette fête solaire – la corrida portugaise *à l'ancienne* comme on dit de nos jours – renvoie mythiquement à un empire, disparu depuis des millénaires, dont certains assurent qu'il fut l'Atlantide : la Crète de Minos et... de Pasiphaé. Quelques-uns affirment en effet que le labyrinthe crétois était une arène solaire où un danseur à masque de taureau mimait le mouvement du soleil. Lisbonne, nouvelle Atlantide, est peut-être justement cet empire du labyrinthe où les officiants intéressés peuvent s'adonner aux rites de la sublimation. Croyons-en sur ce sujet la poétesse Sophia de Mello Breyner Andresen, elle qui fait sien l'art poétique du poète tragique des origines, art poétique révélateur à plus d'un titre de la dialectique bien lusitanienne qui œuvre entre les phantasmes et la puissance, la lumière et l'ombre, l'empire et les songes :

Au commencement était le labyrinthe
Le palais secret de la terreur étouffée
Il fit sortir au grand jour la peur
Il la nomma dans la netteté des cours dans le carré
De soleil de nudité de combat
Il exposa la peur comme un taureau maté

Les passionnés de Lisbonne pourront reconnaître sans peine dans la ville que, dit-on, Ulysse lui-même fonda, le lieu privilégié d'un combat de cette nature. Le marquis de Marialva, qui tauréa jusqu'au grand âge, en demeure un emblème excellent, propre à projeter notre imaginaire aux temps les plus reculés des légendes dorées. A Délos, l'île-temple d'Apollon, le dieu-soleil, une danse sacrée avait pour nom *labyrinthe* : on dit que les danseurs tressaient des figures complexes où régnaient cercles et sinuosités, mimant ainsi, peut-être les errances et détours d'Ulysse, en tout cas les entrelacements multiformes et ondoyants du soleil et des ombres. Rites solaires pas morts : des hommes en habit de lumière, montés sur des chevaux agiles, dansent avec le taureau un subtil *labyrinthe délien* ; dernier cercle : celui que trace la bête, une fois que le centaure l'a abandonnée aux *forcados* pour qu'ils la prennent par les cornes et l'immobilisent ; soudain, tous s'en détachent, à l'exception d'un seul, qui la tient par la queue ; pour le poursuivre, le taureau ombreux, vaincu, se poursuit lui-même. Rituel de la corrida à la portugaise, dans son temple byzantin – bulbes, coupoles et spirales –, les arènes de Lisbonne, à Campo Pequeno.

Ars combinatoria

Certes, on dit communément que Lisbonne est la dernière grande *cité rurale*, que ses quartiers sont de véritables *villages* vivant chacun sa vie selon son rythme propre. C'est rassurant : bien sûr, on en oublie le destin impérial de la ville, qui pourrait réconforter, mais c'est pour mieux exorciser toute la fascinante négativité des songes.

Parmi tous ces villages, il y en a même un – bonne aubaine ! – tout à fait idéal pour beaucoup d'adeptes de l'esprit de clocher, avec sa vie quotidienne petite-bourgeoise, familière et vraiment autonome, avec son espace à part, plutôt à l'écart, foncièrement à l'aise entre deux des grandes voies pénétrantes et le cimetière dos Prazeres – c'est-à-dire, justement, *le cimetière des Plaisirs* ! Ce quartier-type, c'est Campo de Ourique, qu'un état d'esprit propre marque en profondeur, venu peut-être du temps où, après le tremblement de terre, cette zone, qui avait été épargnée, s'est mise à découvrir un destin spécifique.

C'est ainsi que l'on se méprend sur les "villages" de la ville, qui sont de fait – chacun à sa manière, certes – d'une complexion trouble et alambiquée. Le lieu commun est un alibi : en finir avec la ville, en finir avec les quartiers de la ville sous prétexte que l'on a marqué quelques lieux comme un territoire, et qu'on leur applique un code univoque dont on a, bien sûr, maîtrise opératoire, voilà qui paraît plutôt paresseux.

Oui, une telle complexité de complexités exige du promeneur, du citadin, du voyageur, du géographe, du philosophe une méthode pluraliste, capable de modifier sans cesse ses références, la seule qui permette d'éviter de vaincre à peu de frais l'entrelacs labyrinthique des codes par l'emploi d'un seul d'entre eux. Difficile, bien sûr, de prétendre les avoir tous à sa disposition : les codes ne sont faits que d'être peu à peu déchiffrés. En tout cas, au lieu de limiter, de séparer, d'exclure, il faut circuler partout le long des rues et dans les lieux, s'attacher partout aux entrecroisements et aux confluences, comme aux domaines cachés, qui sont si nombreux. Il faut prendre de la peine : on ne manquera pas d'être touché par quelques étrangetés – et peut-être, qui sait, par la grâce, qui ne sourit qu'au curieux qui ose.

Le poète Luis Pignatelli l'affirme : "le fleuve ronge l'or, ronge le fleuve." Lisbonne, ville sise en un lieu où le fleuve rongeur s'est dilaté jusqu'à former une véritable mer intérieure, relève donc d'un principe éminemment, superbement héraclitéen, qui ruine, dans l'architecture comme dans l'homme qui en parcourt l'étrange domaine, toute superbe de l'Etre, tout hymne béat à la Durée. *Ville douce aux délices du Devenir, du Délai, de l'Aporie.* Une béance d'ambiguïté et de confusion s'ouvre au cœur même de la perception du réel. Qui a compris cette alchimie de la ville avec son fleuve, cette *topologie négative* (comme il y a une *théologie négative*), peut repasser dans les lieux de la cité où il est déjà passé : il ne se promènera pas deux fois dans la même rue, nouvel Héraclite en un parcours qui lui révèlera toujours plus, et des choses toujours nouvelles, car il ne pourra pas ne pas connaître l'ivresse vertigineuse d'un entendement fluidifié, les méandres sans fin de l'imaginaire, la confusion de la pensée.

Mise en abyme

Un autre poète de la ville, Armando da Silva Carvalho, constate que l'empire lisboète est bien l'empire des songes : "la mer envahit Lisbonne, mais de l'intérieur". Autrefois maîtresse des mers du monde, la cité maintenant est soumise aux sortilèges de toutes les mers indéfinies des espaces intérieurs.

Ces tourbillons, ces dédales de la pensée, elle en dresse d'ailleurs l'inventaire allégorique – non pas simplement sur les motifs *manuélins* – mais sur les figures innombrables qu'elle inscrit sur ses pavés. En effet, la technique du pavage appelle *labyrinthe* un ensemble de compartiments formés par des rangées de pavés aux colorations variées, et qui s'entremêlent de façon fantasque. Lisbonne s'en souvient, qui vous montre sur ses trottoirs formes et arabesques exubérantes dessinées en noir et blanc par ce lacis de pierres.

Sachez les caresser du regard : selon les principes de la *mise en abyme* baroque, vous glisserez ainsi en vous-même afin d'y déambuler avec extase parmi les archétypes les plus étourdissants de l'imaginaire humain. Certes, vous ressentirez alors un vertige désormais démuni de garde-fou, et vous aurez quelque peu besoin de souplesse et de sagacité.

Découvrez, çà et là, des *grecques* de toutes sortes, celles qui s'entremêlent par exemple en montant les allées latérales du Parc Edouard VII. Observez les *araignées* et les *nœuds,* ou *lacets* : ce sont de véritables rets qu'ils tissent Place et Rue du *Commerce,* comme par hasard. Mais aussi l'*échiquier,* ou *tapis blanc,* de la Place du Duc da Terceira ; le *palmier entrelacé au serpent* dans le patio de l'ancien Palais de Penalva d'Alva, Place do Principe Real ; les *mailles* et les *grilles de prison* aux entrées du Jardin d'Estrela ; les *mandragores-sargasses,* au 282 dela Rua Augusta, au 24 Avenue de la Liberté, ou encore Largo da Graça et Campo dos Martires da Patria ; les *cercles et spirales entrecoupés,* Place Cidade do Luso... etc.

Vous ne manquerez sous aucun prétexte le dessin le plus emblématique : l'immense *entrelacs d'arabesques* de la Place dos Restauradores. Vu de haut, il semble être animé de roulis et tangage, ce qui vous rappelle – alors que vous vous sentez vous-même osciller – le vaste labyrinthe que furent, pour les navigateurs portugais, les lointains océans qu'ils découvraient. Rendez-vous alors Avenue de Berne, ou mieux sur l'esplanade qui entoure le Monument aux Découvertes : vous y marcherez sur les *vagues de haute mer*, vaste ondulation mêlant les courbes et les droites, et animant ces flots de pierre d'une indicible tempête.

Certes, c'est au charme du trompe-l'œil que vous avez succombé, mais avouez qu'il ne vous déplaisait point d'y céder, mu par le profond désir de voir s'agiter vos propres méandres. Vous êtes prêt pour la rencontre avec l'énigme que vous êtes. Elle peut avoir lieu, en plein cœur du labyrinthe de la Baixa, au 242 de l'alchimique Rua Aurea. Sur la façade, les reflets des grecques en mosaïque de pavés miroitent, se transmuent. Saurez-vous y lire qui vous êtes, où vous êtes ? Aussi bien ces métamorphoses illusoires s'offrent-elles à votre regard comme un vaste et magnifique test de Rorschach.

Vous ne refuserez pas quelque guide éclairé. Le peintre ésotériste Lima de Freitas, par exemple. Dans un fort beau livre intitulé *O Labirinto*, il signale l'existence d'une réelle obsession lusitanienne du labyrinthe : certains tableaux de Vieira da Silva en témoignent, mais aussi les borgésiens dédales d'un autre peintre, Bartolomeu Cid dos Santos. Comme il le conseille, vous qui errez, à vous maintenant de trouver les deux labyrinthes en relief que l'architecte Eduardo Néry a gravés sur les parois d'un édifice lisboète. A vous, vous qui aimez errer, de commenter, dans le hall d'entrée de la Fondation Gulbenkian, les tracés "pythagoricques" du futuriste Almada Negreiros, qui fut un compagnon de Pessoa. Devant leur enchevêtrement de courbes et de droites, leur entrelacement de plans et le chiffrage de leurs formules mathématiques, je suppose que vous vous mettez à aimer l'arcane que vous êtes dans l'arcane qu'est la ville.

De la mise-en-abyme baroque vous avez donc plongé dans les délices de la crise d'identité. Vous est venu le goût des masques et de la dissimulation. Mille ruses gravitent dans votre esprit troublé. Vous vous posez la question, à l'instar du poète Helder Macedo :

> *« Que faire, cité triste, aimée, sépulcrale et colorée, Lisbonne jamais possédée, perdue pour toujours, fausse cité submergée faussement portée par les flots, fantôme, mirage qui ne trompe que les tremblements de terre, que faire de moi ? »*

Ou bien, dans un apprentissage authentique de l'expérience-limite menée jadis par un des plus célèbres enfants de la ville, vous envisagez quelque hétéronymie généralisée : qui êtes-vous ? Non plus ceci ou cela, mais ceci *et* cela *et* cela encore *et* ainsi de suite. Qui êtes-vous ? L'entre-deux même, ou plutôt l'entre-plusieurs. Où êtes-vous ? Dans l'entrelacs, dans l'entre-temps, entre les choses, dans les antres secrets, au cœur du *labyrinthe du troisième type*.

SOUS LE SIGNE DE LA DOUBLE HACHE

L'infatigable t'Serstevens, même s'il avoue plus tard qu'il ne sait pas ne pas se perdre dans le lacis d'Alfama, vous dira qu'il ne faut pas vous mettre martel en tête, Lisbonne étant de toutes les villes celle dont le plan est le plus simple : elle s'étale de part et d'autre d'un axe bien dessiné, la trouée de la Baixa et de l'Avenue de la Liberté. Il est vrai qu'ainsi figurée Lisbonne ressemble à un énorme livre ouvert dont la tranche serait constituée précisément par cet axe salutaire. Et quoi de plus rassurant qu'un livre ouvert et préparant ainsi lui-même son déchiffrement ?

Pourtant, tout n'est pas si simple. Quand on commence, en effet, à parcourir les pages qui s'étalent des deux côtés de l'axe central, on bute sans cesse sur des difficultés de lecture, comme si l'on était en présence d'un prodigieux palimpseste toujours gratté, et partant, ayant emmêlé ses écritures, ses enluminures, ses formules cabalistiques : mille-et-un grimoires s'entrecoupent, chacun avec son sens, son savoir, son histoire. – Rue de la *Saudade*, par exemple, et comme par hasard : dos au château, dos au Moyen Age, face au fleuve intemporel – le temps en personne ! –, vous descendez le long d'immeubles du XIXe siècle qui gardent jalousement deux ou trois jardins suspendus devinés à leurs feuillages en surplomb, vous descendez une colline à Babylone, et justement, pour vous qui êtes devenu calé en matière de labyrinthe des mots, dans le dédale achevé de votre oreille interne vibre et vrombit Babel, la ville des babils, la Bible du bla-bla, puis vous glissez vers les interminables fouilles du théâtre romain, clos de palissades plutôt disjointes qui vous permettent de jeter un coup d'œil intéressé sur un amoncellement de pierres taillées, de colonnades, tout un fatras de mémoire collective ; plus bas, vous changez de rue sur un tournant en épingle à cheveux, et vous découvrez, encastré sous la rue que vous venez de quitter, un pharamineux ouvroir d'antiquaires ! – Ailleurs, par exemple au bas de la rue du Serpolet (Rua do Alecrim) ou encore en certains points de l'Avenue Fontes Pereira de Melo, vous vous rendez compte que vous surplombez d'autres rues, qui passent par-dessous le trottoir où vous vous trouvez, et les immeubles ont leur entrée tout en bas, mais ici également, au troisième ou quatrième étage, grâce à des passerelles de fer, compliquées et branlantes. D'étroits jardins s'installent entre ces espaces. En ces conditions, qui êtes-vous ? où êtes-vous ? quand êtes-vous ? Ici et maintenant, un individu, certes, mais cet individu habite une multiplicité d'espaces, il vit une multiplicité de temps, il traverse une multiplicité de voies, il se découvre – dans la surprise – toujours nouveau et différent. Alors ?...

En ancien crétois, *labyrinthe* voulait sans doute dire "palais à la double hache". On sait que cette figure ésotérique signifie d'abord l'ambiguïté de l'existence et, partant, l'énigme de la destinée – un tranchant vers la vie, un tranchant vers la mort. Depuis certains poètes alexandrins, comme Simias de Rhodes, on a quelquefois inscrit des poèmes, en en mélangeant les vers, sous forme de calligrammes représentant une double hache. Mieux que le livre ouvert suggéré par la remarque de t'Serstevens, sans doute un tel emblème conviendrait-il par excellence à notre ville.

Vous êtes sur l'esplanade qui termine, tout en haut, le Parc Edouard VII. La ville bouillonne et se boursoufle de part et d'autre de cette large bande qui descend vers le fleuve selon une douce déclivité – l'avenue de la Liberté prolongée par la ville basse. Au fond, le Tage est comme un lac, bordé par les chantiers navals, les usines et les habitations de l'autre rive. Il vous prend alors une envie de planer le long de cet axe – l'axe de la double hache ! – qui s'offre à vos yeux : doucement, avec ivresse, vous iriez ainsi vers les eaux, vous délectant d'apercevoir sur votre gauche et votre droite les accidents du relief, les folies de l'architecture, le délirant dédale dont vous venez de trouver l'issue aérienne qui vous convient.

Les trois Hermès

Et certes, dans ce miroitement de signes, voit qui veut. Voit qui se meut. Voit qui s'émeut. Votre parcours labyrinthique exige de vous que vous découvriez tant de choses cachées, en cette ville d'*hermétisme*. André Siganos dit ailleurs (1) les délices typiques de l'emballage. Mais Hermès est lisboète à bien d'autres titres également. C'est la divinité tutélaire de la Place du *Commerce*, lui, le dieu des marchands et des voleurs, le dieu des contacts et des échanges. Par ailleurs, dans cette ville par bien des aspects encore si campagnarde, avec ses "fameux villages", mais aussi par ce mélange hybride d'urbanisation et de terrains vagues plus ou moins cultivés qui la caractérise – surtout en ses quartiers périphériques –, Hermès, divinité des déplacements et des passages, renoue avec son archaïque fonction indicatrice dans l'antique Athènes de l'articulation et des entrelacements de la ville avec la campagne. Dans le chiffrage des *azulejos* enfin, qui forment

(1) In *Lisbonne, la nostalgie du futur*, éditions Autrement, 1988.

comme une frontière colorée entre le dedans et le dehors, c'est le patron des alchimistes que l'on commémore, Hermès dit Trismégiste : allez méditer les symboles de tel immeuble ésotérique de la Rua da Trindade, rue de la *Trinité*, rue du *Trois-caché-dans-l'un* !... Ou encore ceux du kiosque municipal du Parc Silva Porto, et même, malgré leur apparence positiviste, ceux du Magasin des Balances situé Rua Cruzes da Sé, Rue des Croix du Siège Episcopal...

LES TENTATIONS D'ALCIBIADE

Lisbonne ou la cité des *places*. Elles y sont toutes des espaces uniques, modelés généralement sur plusieurs plans, exemples-clefs de la double instabilité, tellurique et architecturale, de la ville. Or, depuis toujours, c'est aux carrefours que les démons guettent. Depuis toujours, en ces stations de grand péril, il faut un antidote. Si Priape veille sur le territoire intime, c'est encore à Hermès qu'échoit la tâche de veiller aux carrefours. Les Hermès ici ne manquent pas, tant est grand le goût pour les statues : quelques rares places seulement en sont dépourvues. – *Place du Rato*, où s'emmêlent voies pour tous et voies réservées aux transports publics : elle est sur trois plans, comme trois immenses marches. Distribuant un trafic automobile fort dense, elle est un véritable nœud gordien, que la municipalité tente, depuis de longs mois, de trancher par des travaux d'aménagement qui sans nul doute vont changer sa configuration, mais en l'état actuel des choses il est difficile d'imaginer comment. – *Place Luis de Camões* : Hermès ici, c'est le poète lui-même, flanqué des héros qu'il loua dans *Les Lusiades*. Installée à flanc de coteau, la place est surélevée d'un côté, comme une citadelle. Un peu plus loin, la *Place Sainte Catherine*, qui domine l'estuaire. En ce promontoire, l'Hermès bienveillant est (paradoxe) la statue d'Adamastor, l'indomptable monstre marin des *Lusiades*, justement. Les temps changent... Alors, traversez la passerelle puis le toit d'un immeuble, descendez quelques marches : vous êtes dans un petit restaurant familial, ouvrant grâce à ses baies vitrées la perspective des quais et des quartiers de São Bento, Madragoa *(Mandragore)* et Lapa. En face de vous la svelte architecture du pont suspendu, au bout duquel, bras largement ouverts, un Hermès spécial veille sur la cité-carrefour – le Christ-Roi. – Dans Alfama, *Place Saint Michel*, sous le parvis de l'église du même nom : fortement pentue, elle n'a, en son centre, qu'un seul Hermès, original il est vrai, un immense palmier solitaire. D'elle, en tous sens, partent des escaliers et des venelles, pour monter ou descendre dans le dédale du quartier.

– *Place des Portes du Soleil*, Largo das Portas do Sol : c'est un petit croissant de lune (sic !) en contrebas du château et par-dessus Alfama. L'Hermès local, c'est le Patron de la ville en personne, Saint Vincent, un bel exemple labyrinthique puisqu'il connut *post mortem* la plus incroyable des odyssées jamais arrivées à un corps incorruptible : souvent égaré puis retrouvé, longtemps transporté aux quatre coins de la péninsule, il finit par se fixer à Lisbonne, pour y disparaître englouti par le tremblement de terre.

Et tant d'autres, attachantes par leur variété, leur aspect biscornu, l'attendrissante application avec laquelle elles essaient d'être la jonction de plusieurs plans, l'articulation de domaines hétérogènes, le carrefour rassurant où les destins se croisent pour le mieux : *Place du Prince Royal*, avec ses palais anachroniques et son antique cyprès aplati comme un pin parasol par volonté des hommes ; *Place de l'Académie des Sciences*, en contrebas d'édifices solennels, fin rectangle planté d'arbres donnant sur un curieux mélange d'architectures pombaliennes et post-modernes ; *Largo do Século*, comme un anévrisme dans la rue du même nom, où éclatent au printemps les grandes manifestations futuristes d'art et de mode qu'on appelle *Manœuvres de Mai* ; *Allées Dom Afonso Henriques* (le premier roi du Portugal), espace concave et résonnant prévu pour l'unanimisme vibrant des réunions de masse, conçu par les urbanistes du salazarisme qui croyaient encore à la réalité de l'empire et qui ici, comme dans le quartier dit des *Avenues Nouvelles*, ont donné forme architecturale aux songes les plus banals de la bourgeoisie ; enfin, car on ne peut les citer toutes, la *Place Martim Moniz*, à deux pas du Rossio, sous l'imposante citadelle de l'Hôpital Saint-Joseph qui surplombe une coulée pustuleuse de maisons misérables et délabrées...

L'évocation des places lisboètes est bien la litanie obligée pour célébrer les tourments baroques de la ville : elles sont les reflets microcosmiques de l'architecture générale, les représentations ponctuelles des tensions de l'espace global – points de densité ésotérique où vous exultez et vacillez sous l'effet d'une étrange euphorie.

On dit qu'Alcibiade, la veille de son départ pour l'expédition de Sicile, mutila les Hermès d'Athènes. Combien d'obscurs Alcibiades vivent-ils à Lisbonne, en proie au charme violent de l'empire des songes ?

PESSOA, OU L'INTRANQUILLITÉ

Y aurait-il donc un *sens*, même légendaire, pour la ville ? Non, sans doute. Il n'y a que des métaphores que l'on peut délier à l'infini. Ce qu'on appelle *sens* n'est qu'une de ces métaphores érigée en référence de la série. Selon les critères les plus fortuits. Eh bien, cela aussi fait partie du dédale. Nous sommes voués à passer sans cesse d'une métaphore à l'autre, sans jamais trouver un vrai point d'ancrage.

C'est à ce titre précisément que Lisbonne est le lieu privilégié de l'expérimentation de soi et du monde menée par Fernando Pessoa, en particulier sous la plume du semi-hétéronyme Bernardo Soares. Lisbonne, songe d'empire et empire des songes, ne pouvait que fasciner ce dernier, qui en fit la matière de son livre *intranquille* et qui écrivit : *je suis arrivé à Lisbonne, mais non à une conclusion.*

Les cinéastes Wim Wenders, dans *L'état des choses,* et Alain Tanner, avec *Dans la ville blanche,* ont exprimé plus tard, chacun à sa manière, la même perplexité soucieuse.

Quant au lisboète d'adoption Antonio Tabucchi, il évoquait un jour devant un cercle d'amis quelques expériences de ces flottements mystérieux du temps et de la volonté, du savoir et des songes, de l'être et du néant. Pour en savoir plus, lire dans son livre des *Petits malentendus sans importance* la nouvelle *Anywhere out of the world* où les aspirations baudelairiennes bercent la morosité passionnée d'un voyageur de retour à Lisbonne : il y est question de ce qu'avec Eduardo Lourenço on pourrait appeler le *labyrinthe de la saudade,* auquel la ville donne forme, puisqu'il paraît qu'on y est séparé de soi, des autres, de la vérité ou du sens, de l'empire, du présent vivant.

Tout cela d'ailleurs n'est pas vraiment triste, Lisbonne fait vivre les songes comme essence de la plus haute poésie, et le poète Vasco Graça Moura suggère qu'une rencontre, une seule rencontre est possible, même si elle n'a lieu que sur le ruban de Moebius de la pensée : celle qui fait s'approcher pour quelques secondes, dans un Café célèbre de Lisbonne, "métaphores de l'âme, roses, mondes, un labyrinthe avec un autre labyrinthe", les sphinx Borges et Pessoa.

Patrick QUILLIER.

DU « MANUÉLIN » AU BAROQUE

EXISTE-T-IL UN « ART PORTUGAIS » ?

Tout étranger qui effectue un voyage au Portugal ira visiter les grands monuments « manuélins ». Les guides, les informations touristiques de tous ordres le lui conseilleront : monastère des *Jerónimos* (1), *Tour de Belém*, – célébrissime fenêtre du *couvent de Tomar*, ou, plus secrètement, l'église du *couvent de Jésus* à Setúbal, le cloître du *couvent des Loios* à Évora ou celui de *Santa Cruz* à Coimbra, et de toute façon le monastère de *Batalha*, monument à la gloire de l'indépendance du Portugal (vis-à-vis de l'Espagne) où il faudra absolument admirer le grand cloître ou les *chapelles imparfaites* (2). Un passionné de l'art dit « *manuélin* » ira, ensuite, admirer les portails de la chapelle de l'université de Coimbra, de l'église de la *Conceição Velha* à Lisbonne, de l'église principale de *Golegã* et toute une série d'autres portes et fenêtres éparpillées dans tout le pays. Précisément : des ouvertures - portes et fenêtres - dont la décoration porte la marque indiscutablement « *manuéline* ».

Est-ce à dire que l'art dit « manuélin » serait surtout religieux et son originalité un système décoratif principalement appliqué aux ouvertures, ou alors constituerait-il une véritable architecture, inventée au Portugal, parangon du sommet de la création artistique portugaise ?

*

L'étiquette « *manuéline* » a été trouvée au deuxième quart du XIXe siècle par les intellectuels portugais. En effet, autour de la personnalité d'Almeida Garrett – poète, dramaturge, mais aussi

---

(1) Ou monastère des Hyéronimites : ordre de Saint-Jérôme très coté dans la Péninsule Ibérique.

(2) Ainsi nommées parce qu'elles n'ont jamais été terminées. En effet, elles s'élèvent seulement jusqu'au départ des voûtes. Elles ont été commandées à Mateus Fernandes dans le premier quart du XVIe siècle et sont placées derrière le transept sud du monastère, lequel est une fondation royale, pour commémorer la victoire portugaise contre les Espagnols en 1385.

partisan convaincu de la monarchie parlementaire nouvelle au Portugal tout comme de la nécessité d'une identité culturelle portugaise, épousant ainsi les thèses romantiques du nationalisme – en comparant avec ce qu'ils connaissaient en Europe (la France, l'Angleterre, mal l'Espagne et rarement l'Italie) ils s'aperçoivent de l'originalité du système décoratif des grands monuments élevés sous le règne du roi Manuel I (1495-1521). Règne-phare de la puissance du Portugal dans le monde, pendant lequel les multiples fruits des Grandes Découvertes font alors du Portugal (mais surtout de sa capitale - Lisbonne) l'un des lieux les plus riches du monde, c'est-à-dire d'Europe ; et règne pendant lequel l'éventail des plaisirs et des bénéfices de la nouvelle richesse cache encore les fissures de la gestion d'un si vaste empire. Règne sur lequel les historiens du XIXe siècle peuvent se pencher avec admiration, et, sans trop se mentir, y trouver tous les ingrédients de la plus belle des recettes pour la gloire de l'identité portugaise : grandeur, puissance, richesse, importance capitale du Portugal pour la découverte du globe terrestre, littérature et, enfin, un art !

Dès 1842, un effort de restauration est entrepris pour préserver ce patrimoine glorieux. Le prince-consort, Ferdinand de Saxe-Coburg-Gotha (3) voue une grande partie de ses recherches, et même de sa fortune, à la restauration des *Jerónimos*, par exemple, et à la mise en valeur des parties construites pendant le premier quart du XVIe siècle à Tomar, dont fait partie la dite *fenêtre*. Son admiration ira jusqu'à la référence explicite de ces quelques morceaux choisis dans son château de *Pena*, en haut de la Serra de Sintra. Lieu exquis de villégiature, à trente kilomètres à l'ouest de Lisbonne, perché à 650 mètres d'altitude, dominant de loin et de haut la rade du Tage et l'immensité de cet océan des Découvertes, le château de *Pena*, ne peut se comprendre que si l'on sait y *« lire »* toutes les citations obligées aux deux périodes dans lesquelles le romantisme portugais aime à enfoncer les racines de son identité nationale : la reconquête médiévale du pays contre les Maures et le règne de Manuel I, fortuné roi de l'apogée des Grandes Découvertes Maritimes. Racines médiévales et chevaleresques pour la création du royaume du Portugal (à partir de 1140) et surtout mise en valeur des Découvertes, considérée comme la période la plus heureuse de l'histoire portugaise.

---

(3) Frère et cousin des autres princes-consorts ou nouveaux rois d'Europe, tels Léopold de Belgique ou Albert d'Angleterre. Érudit, artiste, il adopte totalement le Portugal comme véritable patrie, refusant même le trône de Grèce et celui d'Espagne, une fois veuf.

Il est bon, en réalité, de rappeler, pour mémoire, que l'arrivée de Vasco de Gama en Inde date de 1498, et que, pour l'Europe d'alors, la réalisation d'un tel voyage dépassa, sans comparaison possible, tous les autres événements de l'époque. Le voyage de Colomb vers ce que, plus tard, on appela l'Amérique, ne fut considéré alors que chimère et même. (pourquoi pas ?) détournement habile des ambitions espagnoles, imaginé par le roi Jean II du Portugal (4).

Parallèlement, la lecture des *Lusiades* de Camões (5) incite aussi les Portugais du XIXe siècle (et toute la période salazariste qui, elle aussi, pour d'autres raisons, tient à justifier et l'empire et le nationalisme portugais) à ne s'occuper que de ces deux périodes ; d'autant que la reconquête chrétienne exalte la Foi et les individualitées conquérantes ainsi que de véritables drames passionnels (6) et que les grands voyages maritimes, qui culminent avec la découverte du chemin maritime vers l'Inde, exaltent l'aventure, le courage et le *génie* portugais.

Le 1er novembre 1755, le roi José I était aux *Jerónimos* lorsque Lisbonne et son admirable palais royal furent détruits par un foudroyant tremblement de terre. Le roi et l'église des *Jerónimos* en sortirent indemnes. La façade de l'église de la *Conceição Velha* à Lisbonne, proche du Palais Royal, échappa miraculeusement au cataclysme. La Foi et la merveilleuse aventure des Découvertes furent préservées de la plus grande catastrophe qui s'abattit sur le Portugal... Le romantisme de la première moitié du XIXe siècle (le château de *Pena* fut, pour ainsi dire, terminé en 1849) et les nécessités nationalistes, dans une période où le Portugal sortait

---

(4) Même s'il ne monte sur le trône qu'en 1481, il a les rênes du pouvoir depuis 1474. C'est à lui que l'on doit le traité de Tordesillas en 1494 et la préparation du voyage en Inde. Une des deux ou trois personnalités géniales de son siècle au Portugal. Christophe Colomb ne serait, en fait, qu'un élément manipulé par lui... pour détourner de l'Inde et de l'Orient les ambitions espagnoles.

(5) Immense poème épique, en dix chants comme l'« *Enéïde* », racontant, dans un « *flash back* », lors d'une entrevue de Vasco da Gama, dans son voyage en Inde, avec le roi de Melinde, sur la côte Est africaine, toute l'histoire du Portugal. (Voir l'article de Eduardo Lourenço).

(6) Dont celui de la « *reine morte* », Inês de Castro, qui dès la vengeance de Pierre, enflamma les imaginations du Portugal et d'ailleurs.

dévasté par le harcèlement napoléonien (7) et la rapine anglaise, feront le reste : le « *manuélisme* » est né.

Les historiens de l'art s'en empareront comme d'une vérité sans discussion ; au point presque de cacher toutes les autres réalisations artistiques portugaises postérieures à cette époque-là.

Reynaldo dos Santos (son *Histoire de l'Art Portugais* est traduite en français de son vivant, aux PUF, en 1953) en fera son cheval de bataille ainsi que sa démonstration du génie artistique portugais. Sa mise-en-valeur de panneaux à l'huile d'une qualité exceptionnelle trouvés dans l'église Saint-Vincent-hors-les-murs à Lisbonne, datant probablement du xve siècle, lui permettra l'attribution d'un chef d'œuvre de la peinture à un peintre portugais d'époque, Nunco Gonçalves, et ajoutera les lettres de noblesse picturale aux merveilles de l'architecture *manuéline*.

Le grand catalan Eugenio d'Ors, dans une série de conférences célèbres dans les années 1930, puis dans son livre (*Du baroque*, Gallimard 1937) exprima sa grande admiration pour l'art « *manuélin* ». Analysant la fenêtre du couvent de Tomar, visiblement troublé par l'exubérance décorative qui l'encadre, d'Ors y donnera naissance à la notion du baroque, galvaudant ainsi, et pour longtemps, cet adjectif et donnant lieu, malgré lui, à une surcharge péjorative du mot dans l'esprit de ceux qui veulent toujours opposer les valeurs, somme toute morales, du classicisme à la surabondance que l'on s'empressera de confondre avec le baroque.

Dans les années cinquante, au moment même où Reynaldo dos Santos finissait d'ériger l'art « *manuélin* » comme le grand art national portugais, des historiens d'art comme Georges Limbour (voir son article dans *L'Oeil* - n° 26 - Février 1957) prendront la définition d'Eugenio d'Ors à la lettre et qualifieront le « *manuélin* » (toujours en citant la fameuse fenêtre de Tomar (8)) de « *baroque manuélin* ». Ils n'hésiteront pas à affirmer qu'une ligne droite, si l'on peut dire, mène le « *baroque manuélin* » au « *baroque*

(7) Trois invasions des troupes de Napoléon : 1808, 1809 et 1810, respectivement commandées par Junot, Soult et Masséna. Malgré quelques victoires, elles sont une grande défaite pour les Français qui ne réussissent pas à obtenir le blocus continental. Les Anglais aideront massivement à combattre les troupes françaises, puis s'installeront, en quelque sorte, au Portugal comme en terre conquise. Le roi et la cour avaient fui, en 1808, à Rio de Janeiro. Lorsqu'ils reviennent en 1822, une guerre civile finit par imposer, enfin, une monarchie constitutionnelle.

(8) En se trompant, d'ailleurs, et en la prenant pour un portail ! Mais en signalant toutefois, son caractère composite.

chirrigueresque » (9), en ajoutant néanmoins que ce dernier possède « un délire plus calculé qu'inspiré », le tout « découlant du goût ibérique pour le baroquisme ». Mais maniérisme, Contre-Réforme et nécessités politiques diverses de l'art ne sont pas par lui envisagées.

Il est tentant, pour tout admirateur du Portugal, de dire avec Eugenio d'Ors que « dans le composé désigné par le nom de Culture, l'Europe ne présentait à l'analyse rigoureuse que deux corps simples ; Grèce et Portugal. Le reste, est, peut-être, une question de dosage ». Le Portugal serait donc le pôle de la liberté de l'imagination et la Grèce celui de la stabilité harmonieuse.

Même - et surtout - les Portugais ne sont pas allés aussi loin, eux si admiratifs d'un *« art français »*, que l'on voudrait toujours faire croire comme suprême ; et, par ailleurs, si réticents à l'analyse profonde du phénomène manuélin, peut-être un peu par crainte que l'on remette en question un art qui, depuis maintenant plus d'un siècle, et avec force, est considéré par tous comme l'éclosion, dans un moment historique privilégié, d'un véritable *art national.*

*

Nous n'aurions jamais la prétention de vouloir débroussailler d'une seule fois la forêt *manuéline* et nous comprenons fort bien, pour un pays si souvent oublié de l'Europe, le besoin d'un art national.

Il nous semble, toutefois, que, de nos jours, la réflexion pourrait s'orienter sur des sentiers à la fois moins semés d'idéaux passionnés de nationalisme et davantage défrichés par des visions d'Histoire de l'Art moins subordonnées à une éthique ou à un enthousiasme lyrique, aussi nécessaires fussent-il pour mettre en valeur un art original méconnu.

Nous pourrions, tout d'abord, nous demander ce que c'est qu'un *art national.* Dans l'Europe où se superposent les strates culturelles et les voyages de toutes espèces depuis au moins 2.500 ans, la notion même d'un art spontanément né dans une aire géographique déterminée est de plus en plus impossible à envisager. Tout n'est devenu qu'un très complexe réseau d'influences et d'évolutions qui aboutissent à des transpositions présentées

---

(9) Du grand architecte et sculpteur espagnol du XVIIIe siècle, Chirriguerra, à qui l'on attribue quelques unes des grandes réalisations du baroque le plus outré.

comme des nouveautés. Au XIXe siècle, devant l'impérieux besoin de rétablir, ou d'établir pour la première fois, des frontières politiques, linguistiques et, forcément, culturelles, après l'ouragan napoléonien, les pays ont trouvé, souvent de bonne foi, des justificatifs artistiques qui affirmaient leur nationalité, voire leur *chauvinisme*. Il était donc vrai que chaque aire géographique, nouvellement déterminée (Allemagne, Italie, hexagone français, Hollande...) possédait son art propre qui la différenciait de tout ce qui était en dehors de ses frontières ? Non et oui.

Non, bien sûr. Qu'est-ce que l'art flamand ? Belge ou hollandais ? Est-ce qu'une villa palladienne en Angleterre est typiquement anglaise ou demeure totalement italienne ? Le portail des Chartreux de Miraflores à Burgos est-il un travail d'Italie du Nord, puisqu'il imite celui des Chartreux de Pavie ? Et ainsi de suite...

Oui, sans doute, dans la mesure où le jeu d'influences culturelles, au sens le plus large du terme – Histoire, ethnies, conditions géo-climatiques, matériaux locaux, etc., – est à même de créer, dans un lieu géographique précis, un art nouveau. L'art national serait alors la création issue de la somme des influences les plus diverses qui se seraient jouées sur un territoire donné, et il est évident que les déplacements dans l'espace engendrent un jeu d'influences différent.

Là, les exemples abondent aussi pour prouver l'originalité d'un art dans une région d'Europe précise. Même une dictature de pouvoir royal ou républicain n'arrivera pas à imposer à une nation toute entière absolument la même volonté artistique, ne serait-ce que parce que l'usage des matériaux et la différence de la main-d'œuvre imposeraient une adaptation locale.

Cela est vrai aussi pour le Portugal. C'est un pays pourtant ancien, dont les frontières géo-politiques datent, pour l'essentiel, du XIIIe siècle (sans doute les plus anciennes, dans leur immuabilité, d'Europe) et qui est radicalement divisé en deux par le Tage (10).

Lorsque l'on parle de l'art *manuélin* comme d'un art national, il faudra savoir le circonscrire, à quelques exceptions près (comme par exemple la cathédrale de Guarda), au domaine royal portugais : Lisbonne et sa région, de Tomar à Setúbal, et les deux grandes capitales culturelles que furent Coimbra et surtout Évora. Le jeu d'influences qui s'y opéra était lié à la mer, donc à la domination royale. Les empreintes *manuélines* ailleurs (tel un

(10) Effectivement le fleuve coupe littéralement le pays en deux zones géographiques, historiques, culturelles, agricoles, politiques...

portail à Viana do Castelo, dans le Nord Ouest, et même celui de la Madeleine de Velha Goa, en Inde) étaient des projections, ou des asservissements à la mode du domaine royal, c'est-à-dire ce que l'on édifiait sur commande du Roi, princes, grands ordres monastiques et marchands étroitement associés à l'entreprise des Grandes Découvertes maritimes et, par conséquent, à la couronne.

On peut essayer de déchiffrer l'ensemble des influences qui convergent à ce moment-là sur le territoire du domaine royal portugais : échauguettes qui rappellent le Maroc, à la Tour de Belém ; balcons ajourés à cette même tour qui font fortement penser aux palais de Venise – autre concurrente sur les mers ; travail de dentelle de pierre et admirable dédoublement et transparence des arcatures supérieures du grand portail des *chapelles imparfaites*, à Batalha, qui semblent se souvenir d'autres dentelles et transparences dans des architectures de l'Inde ; mais aussi travail de méplat et de bas-relief encadrant ou surmontant les portails en accord avec ce qui se faisait en Espagne et que l'on appelle le *plateresque*. Et l'on pourrait continuer longtemps, en passant par le gothique international curieusement mélangé aux premières influences sérieuses de la nouvelle sculpture italienne. Tout ce jeu, qui crée un art composite et dont les influences dépassent le cadre de l'Europe et de la Méditerranée, est unique et se trouve au même moment historique sur le même territoire géographique. Là réside probablement l'originalité et le sentiment, sans doute justifié, d'assister à un *art national* qui prend forme. D'autant plus original et national qu'il englobe dans son vocabulaire décoratif tout une faune et une flore nouvellement explorées par les Portugais. Préoccupation, compréhensible, d'inscrire sur la pierre ce qui permettrait, entre autres, de faire rentrer assez d'argent pour que les artistes travaillent : nouvelle botanique des côtes d'Afrique ou d'Asie, animaux terrestres ou marins (véritables nouveautés ou créations de l'imaginaire de ceux à qui l'on racontait les aventureux voyages) ; coraux et méduses géantes, épices, pierres précieuses. Ainsi que tout l'attirail de navigation : cordages, voiles, bouées, quilles (11) et enfin ces artichauds dont les marins mâchaient les feuilles afin d'éviter le scorbut à bord. Mêlés à des pampres à la romaine, sous des dais de style gothique-flamboyant, souvent encadrés par des colonnes torses, structurés autour d'une accolade qui surplombe la porte ou la fenêtre proprement dite, le

---

(11) Jusqu'à la salière du roi Manuel qui représentait une quille de caravelle portugaise en argent, forme reprise par de nombreuses lampes votives.

tout surmonté des armes du Portugal (12), ces grands décors extérieurs épateront d'abord par la surabondance et la diversité des motifs et ensuite par la grande habileté à les faire co-exister. Des décors d'ouvertures plus modestes (celui de la chapelle de l'université de Coimbra ou de nombreux en-feu – encore des sortes d'ouvertures – comme celui de Diago de Azambuja dans le couvent de Notre Dame des Anges à Montemor-o-velho, près de Coimbra) dans lesquels le vocabulaire décoratif est simplifié, permettent, cependant, de mieux apprécier la structure de ces appareils décoratifs autour des ouvertures et de leur encadrement fortement mouluré. D'autres portails assimileront dans cet encadrement même le vocabulaire naturaliste nouveau, comme celui de la sacristie du monastère d'Alcobaça (encore le domaine royal !) où les colonnes, elles-mêmes, qui flanquent la porte sont des troncs d'arbres tropicaux qui laissent apercevoir les racines ; ou cet autre portail géminé du chapitre du couvent des Loios à Évora qui avouera son origine *mudéjar*, quand bien même cette structure se présente hélicoïdalement enveloppée de feuillages.

Mais qu'il soit d'origine mauresque ou *mudéjar*, gothique, plateresque, orientale, ou tout à la fois, mêlé à un naturalisme exacerbé, cet appareil décoratif apparaît souvent comme un placage, aussi exceptionnel soit-il, sur de l'architecture, entourant les ouvertures, enveloppant les colonnes.

L'architecture est, en effet, rarement originale. Les églises dérivent du gothique finissant, subissant parfois des influences anglaises (comme les voûtes très peu bombées mais extrêmement nervurées) ou d'un gothique venu de la côte atlantique. Certains édifices présentent, pourtant, quelques transformations notables. Ainsi la nef de *l'église de Jésus*, à Setúbal, et surtout celle des *Jerónimos* (toutes deux du même architecte d'origine française atlantique : Boitac) sont flanquées de bas-côtés exactement de la même hauteur de voûtes, la séparation se faisant par des colonnes-piliers, très élégantes, qui montent jusqu'à elles. L'impression d'une église-halle est frappante et si l'on peut la rapprocher des *hallenkirchen* du nord de l'Europe, il faut admirer la façon dont Boitac a su parfaitement adapter les espaces intérieurs à la lumière portugaise, en la tamisant, et en leur donnant une clarté

(12) Écu, couronne, sphère armillaire et souvent croix de l'Ordre du Christ, emblême de l'ordre de Tomar – qui au XIVe siècle avait remplacé les Templiers. L'ordre du Christ en particulier sous l'impulsion de l'infant Henri, dit le Navigateur (mort en 1460), a joué le rôle de promoteur des grands voyages maritimes.

décorative intérieure qui est en accord, à ce moment-là encore, avec les options médiévales portugaises. Les extérieurs, à murs plats et piles-contreforts rondes, des églises au sud du Tage, d'héritage gothico-mudéjar, comme *São Brás* à Évora (1480), serviront d'exemple pour la typologie extérieure au *Jésus* de Setúbal. Avec des piles rondes plus ou moins stylisées, cet extérieur laisse le champ libre à la décoration des ouvertures.

Les grands cloîtres, notamment celui de João de Castilho, encore aux *Jerónimos*, gardent aussi une infra-structure dérivée du gothique finissant ; mais le subtil mélange avec des techniques décoratives du plateresque hispano-italien et du décor naturaliste nouveau, issu des Découvertes, impose une vision générale de travail d'orfèvrerie sur pierre dont le caractère composite ne s'analyse que peu à peu et sur lequel la vibration de la lumière ajoute à l'éblouissement du visiteur.

C'est probablement dans la toute nouvelle nef unique de Diogo de Arruda, qui flanque, à partir de 1510, l'ouest de la Rotonde polygonale des Templiers à Tomar, que le travail architectural intérieur abandonnera un peu plus l'héritage gothique, pour une forme rectangulaire simple à deux étages superposés où, entre le rythme des écussons est inscrit le mouvement des vagues, nef-flots qui aboutit dans l'explosion extérieure de la fameuse fenêtre, laquelle est intégrée dans un mur-ouest extérieur, totalement décoré : œil-de-bœuf supérieur, correspondant à l'étage supérieur de la nef, qui représente les voiles gonflées par le vent, en spirale tourbillonnante, et retenues par les cordages ; piles d'angle rondes garnies de colonnes-corail et enlacées par des ceintures à grosse boucle (ordre de la Jarretière !) et des méduses géantes ; enfin *la* fenêtre, sorte de cosmogonie du monde portugais. Décor surréaliste et cumulatif de toutes les influences qui se font, alors, sentir sur cette région du monde ; imaginaire d'un peuple qui semble surpris par les merveilles et les dangers de tous ces autres mondes inconnus, maritimes et terrestres, et qui lui font tourner la tête. Cette façade-ouest n'était pas visible du public. Elle inscrit un étonnement, elle est un réceptacle. Elle n'est, certes pas, déterminée par une volonté politique, pré-déterminée qui, plus tard, sous-tendra, même dans l'éxubérance, la décoration du vrai baroque.

*

La préoccupation religieuse de l'art de la période « *manuéline* » est évidente. Le monastère des *Jerónimos* est fondé à la gloire des Découvertes, ce qui induit une assimilation volontaire de celles-ci à la Foi chrétienne.

L'autre domination, militaire, saura créer des formes qui conviennent à la période et aux besoins d'installation des comptoirs, tout le long des côtes africaines, puis asiatiques, plus tard brésiliennes. L'enceinte, sur les eaux du Tage, de la *Tour de Belém* porte les traces de ces premières forteresses marocaines, mélange de savoir-faire mauresque et de génie militaire européen, devenu génie militaire portugais, qui fera ses preuves pendant encore presque trois siècles. La *Tour de Belém* engendrera des imitations dans l'empire portugais ; à l'exception du cordage – symbole *manuélin* par excellence – qui l'enlace, elle ne sera *manuéline* que parce qu'elle est édifiée sous le règne du roi Manuel I (par Francisco de Arruda à partir de 1515), ou, plus sûrement encore, par son caractère très composite, mais qui dans ce cas fait beaucoup plus penser au monde exclusivement méditerranéen qu'au monde maritime afro-asiatique et au gothique finissant atlantique des édifices religieux.

Le génie militaire portugais trouvera ses formules en dehors de ce qu'on appelle le « *caractère manuélin* ».

*

A défaut des parties *manuélines* qui, tout comme les autres, furent anéanties dans le Palais Royal de Lisbonne (13), c'est au Palais Royal de Sintra que l'on peut le mieux juger de l'apport *manuélin* dans l'architecture civile (14). Il reste, par-ci, par-là, d'autres édifices civils qui portent des marques *manuélines* dans le pays, comme, par exemple, la demeure des Pinheiros à Barcelos ou celle des vicomtes de Carreira à Viana do Castelo, ou encore une, royale, à Évora. Aucun ne présente un ensemble aussi complet que les constructions du premier quart du XVIe siècle à Sintra.

C'était déjà un rendez-vous de chasse royale au XIVe siècle, qui

(13) On peut simplement juger, très mal, par des gravures de l'époque, notamment dans le livre d'heures du roi, sauvé, comment étaient les édifices *manuélins* et la fameuse *casa da India* où l'on stockait les marchandises venues d'Orient. On sait aussi que les fenêtres faisaient penser à celles que l'on voit encore aujourd'hui au Palais Royal de la ville de Sintra.

(14) Nous choisissons délibérément ce Palais, dans ce qu'on appelle la ville de Sintra. A ne pas confondre avec le palais romantique de la *Pena*, qui le domine de toute la hauteur de Serra de Sintra. Sintra est, de toute façon un lieu de villégiature essentiel pour la cour et l'aristrocratie, pour la bourgeoisie, pour les Portugais.

était, le pense-t-on, implanté sur des bâtiments mauresques. Manuel I en fera un véritable palais d'été. La clémence du climat et la fabuleuse beauté de l'arborescence sur cette colline, à la fois si haute, si longue et si proche de l'Atlantique, en font un lieu privilégié pour la période estivale.

Le décor extérieur et intérieur des portes et des fenêtres porteront la marque *manuéline* : colonnes torses, fin décor hélicoïdal et floral, accolades supérieures, quelques cordages, aucune surabondance décorative ici. La référence est, très souvent, l'art mauresque ; par la structure des colonnes si finement torsadées, par le type d'accolade qui surmonte les ouvertures géminées, et surtout par la disposition même de l'architecture : ensemble de blocs organiques qui épousent le rocher sur lequel ils s'appuient et qui cloisonnent des espaces aux dimensions très humaines, dans lesquels les ouvertures sont toujours ménagées pour permettre aux habitants de jouïr du panorama extérieur, car elle privilégie le regard de l'intérieur vers l'extérieur, car elle ménage des endroits de repos et de plaisir à l'intérieur sans aucune préoccupation de la *parade* extérieure du bâtiment. En effet, l'extérieur, à part quelques pourtours très simples, mais très *manuélins* des fenêtres, ne présente que des murs lisses, au mortier appareillé d'un crépi gris. Il ose, en revanche, avouer son hédonisme par les immenses cheminées qui orgueilleusement s'élèvent très au-dessus de ce palais fait pour tous les plaisirs et notamment ceux de la table.

L'intérieur, lui, ménage des recoins profonds, des bancs pris dans la maçonnerie de chaque côté des fenêtres, des patios où coule l'eau, des *loggias* intérieures, des pièces étagées où non seulement l'on peut se retirer, mais encore d'où l'on peut contempler la vue.

Manuel avait admiré le palais *mudéjar* de Pierre I à Séville et les palais de l'Alcazar et du Généralif à l'Alhambra de Grenade. Le rapprochement est d'autant plus à faire que le roi fera venir des *azulejos* sévillans pour la décoration intérieure du palais de Sintra. Il introduira ainsi, définitivement, dans le Portugal, l'art décoratif qu'il saura le mieux adopter.

Là encore cet art sera un réceptacle.

*

L'art *manuélin,* religieux ou civil, s'avère être un art de la décoration. Sa grande originalité – outre la recherche exceptionnelle de motifs décoratifs en dehors de l'Europe occidentale traditionnelle – naîtra de la parfaite adaptation de son cosmopolitisme à des structures architecturales qui sont elles aussi composites. L'inter-action du système décoratif et de l'architecture de base, créera des espaces nouveaux, une ambiance qui est propre aux édifices portugais du début du XVIe siècle : osant prendre plusieurs formes et plusieurs éléments de source différente et sachant les agencer de sorte à organiser, d'une part, des extérieurs où l'occupation de l'espace décoratif se concentre (et est, en cela, très ibérique, de toute façon) presque exclusivement sur les ouvertures formulant ainsi un modèle qui, par delà le vocabulaire décoratif original du *manuélin* se perpétuera dans le temps, et d'autre part, les espaces intérieurs dans lesquels l'appareil décoratif est si important qu'il refait une architecture.

La fortune que les *azulejos* auront dans le Portugal par la suite, sera due, en grande partie, à la capacité, née à l'époque *manuéline*, que ces carreaux de faïence possèdent pour redessiner un espace intérieur, créer une vibration particulière (comme dans l'admirable *maison de plaisir* du palais de la Bacalhoa, face à Sintra, de l'autre côté de la rade du Tage) et, en quelque sorte, substituer à la platitude du mur, un autre mur plus imaginatif. Là encore, la frontière entre décoration et architecture paraît difficile à établir.

La période *manuéline*, au-delà de ses originalités, semble être à la base d'options architecturales, dans la globalité du terme, qui s'enracinent dans le sol artistique portugais.

*

La Renaissance, telle qu'on la comprend dans une Europe en deçà des Pyrénées, aura une influence directe faible au Portugal. Il est intéressant de s'apercevoir que la préoccupation de se modeler sur la Renaissance italienne obsède tant les historiens de l'Art. Salomon Reinach, dans ses célèbres conférences à Paris (Louvre 1902-1903), qui avait l'intention d'établir là une Histoire Générale des Arts Plastiques, accorde, à la Renaissance, une place hégémonique. Avec d'autres, il aura modelé le goût esthétique de l'amateur, voire de l'enseignement de l'Art occidental. Un peu d'Egypte et de Mésopotamie, à plus forte raison parce que le Louvre en possède d'importantes collections. Beaucoup de Grèce, surtout classique, modèle d'ordre (et d'ordres architecturaux) et d'équilibre, à respecter obligatoirement (puisque la violence lyrique et théâtrale de la période hellénistique sera taxée de décadente) sous peine d'être connoté au désordre moral et qui, tel un D. Giovanni, devra disparaître. Un peu de Rome, en omettant de signaler tous les exceptionnels et indispensables progrès que son architecture apportera – mais le pragmatisme, c'est comme l'argent, il en faut, mais il vaut mieux ne pas trop en parler. Ensuite, viendra le Moyen Age qui élève les monuments à la gloire de Dieu : sorte de pyramidale ascension qui crève la *nuit* médiévale et qui permet une si jolie opposition avec l'éclosion du génie de la Renaissance ! On arrivera même à démontrer que la rudesse et un certain militarisme des façades florentines, dur écran entre l'extérieur et l'intérieur (mais jamais on ne le présentera ainsi), sont d'une beauté admirable, assimilant une fois de plus classicisme et ordre, ordre et harmonie, ordre classique et symétrique et beauté. Wölflin, au début de notre siècle aussi, mais tout en ne s'occupant que de l'Italie, demeurera longtemps solitaire. Il dénonce si justement le caractère frontal de l'architecture de la Renaissance plus facile à ordonner, plus aisément *lisible*, sans troubles. Les autres passeront rapidement sur les débordements baroques et voudront démontrer que Versailles est le parfait modèle du classicisme et de l'équilibre – éludant le caractère éminemment baroque du Roi-Soleil qui savait si bien tout mettre-en-scène, y compris son architecture. On passera vite sur le XIXe siècle, pour se pencher définitivement sur l'histoire de la peinture qui semble plus commode à classer chronologiquement et abandonner tout ce *fatras* architectural. Le béton armé... est une autre histoire.

Ah, oui, l'Espagne est citée. L'empereur Napoléon III avait bien été marié à une Espagnole, le musée du Louvre avait ouvert, en plein XIXe siècle, une galerie espagnole et Théophile Gautier avait fait son *voyage en Espagne*. Alors on lui trouvera un *âge d'or*, mais de la peinture (saviez-vous que Vélasquez était à demi-portugais ? Serait-il le peintre ibérique ?) et on cantonnera l'histoire de l'art espagnol au XVIIe siècle. On aura, auparavant, jeté un coup d'œil réprobateur sur la dureté de l'Escurial (ne remarquant même pas tout ce qu'il doit à l'Italie dans son architecture même) et un autre, charmé, sur l'exotisme de Grenade, qui suffira comme exemple d'art islamique. Voilà. Les grandes directions de l'Histoire de l'Art occidental sont lancées. Pas un mot sur le Portugal. Plus tard, et certes grâce en grande partie à Eugenio d'Ors, l'on ira regarder avec étonnement, comme un exotisme de plus, cette fenêtre de Tomar et l'on décidera que c'est là tout ce qu'il y eut d'original au Portugal.

Jusqu'aux historiens de l'art portugais qui, contaminés, auront du mal jusqu'après les années 50 à porter un regard attentif sur leur propre patrimoine. Et la grande exposition sur le *monde portugais* de 1940 n'eut qu'un regard exclusivement impérialiste.

Eugenio d'Ors, encore lui, eut le mérite de comprendre que ce Portugal-là ne regardait pas que vers l'Europe dans son *geste artistique*. Mais tout exotisme, tout débordement est désordre. Hors du classicisme pas de salut. Les historiens de l'art portugais feront tout pour trouver au Portugal des vestiges de cette Renaissance, si nécessaire au salut du bon goût définitif.

Le Portugal aura été trop occupé pendant le XVe siècle avec sa grande entreprise, un peu folle et un peu hasardeuse, puis de plus en plus vaste, des grands voyages maritimes. Le Portugal se dépeuple pendant le XVe et XVIe siècles à la suite de ces grands voyages. Le Portugal érige des monuments à la gloire de ses grands voyages et même lorsqu'il ira à Rome, lors d'une mirobolante ambassade auprès du Pape, ce sera pour parader, avec éléphants et tigres en laisse, et magnifiques carrosses, et non pour y regarder son architecture. Un grand voyageur portugais en Europe, correspondant de Michel-Ange, comme Francisco de Hollanda, reviendra d'Italie avec un album de dessins d'architectures, mais se passionnera surtout pour la formulation d'un monde architectural onirique et visionnaire, sans trop donner dans le prosélytisme, au Portugal, de ce qu'il avait vu en Italie. Le Portugal, commercialement et maritimement, et même diplomatiquement, aura de grands rapports avec la Flandre, les Pays-Bas, l'Angleterre. L'Italie nourrira le Portugal de cartographes et de savants navigateurs, point de savants architectes, au XVe et au tout début du XVIe siècles.

La Renaissance y parviendra, quand même un peu, par les livres de Serlio, les dessins et les modèles du XVIe siècle. Trop tard. Le propos maniériste est déjà là. Les quelques édifices classiques du XVIe siècle, comme l'admirable grand cloître de Jean III à Tomar – encore Tomar, lieu expérimental depuis le XIe siècle – pour aussi beaux qu'ils soient ne feront pas trop d'enfants dans un Portugal qui, dès la mort de Manuel I, se verra aux prises avec la gestion d'un si vaste empire étalé sur quatre continents. L'architecture sera donc pragmatique : besoins militaires, administratifs, commerciaux.

La tentative de création de villes nouvelles en Inde comme Diu, vaguement inspirées des modèles de *villes idéales*, du type de celles que Scamozzi a propagées dans le monde de la Méditerranée occidentale du XVIe siècle, sera surtout une occasion pour que les ingénieurs militaires sachent devenir aussi des urbanistes efficaces, et installent à l'intérieur des remparts une *urbs* pour parer aux besoins.

Ingénieurs militaires-urbanistes, artisans efficaces du monde portugais ! C'est d'abord à eux que l'on doit l'installation matérielle, fut-elle militaire, des comptoirs, puis des premières villes coloniales. Jusqu'au XIXe siècle y compris, inlassablement ils construiront des fortifications, élèveront des entrepôts, dessineront des villes simples. C'est à eux, qu'après le grand tremblement de terre qui détruisit la basse ville de Lisbonne, le marquis de Pombal fera appel pour la reconstruire.

Ils oseront souvent de grandes innovations dans les modelages, dans le plan des fortifications proprement dites. Dès la fin du XVe siècle ils en auront construit de rondes, comme à Ceuta, de carrées un peu partout, de formes adaptées avec précision à la morphologie du terrain, comme à l'île du Mozambique ou en plusieurs points stratégiques d'Inde, de Malaisie ou plus tard au Brésil, d'étagées comme dans le golfe de Guinée, et finalement d'angulaires ou en étoile comme en plusieurs endroits du Brésil et cela dès le tout début du XVIIe siècle. Elles sont la trace première. D'autres, par la suite, n'hésiteront pas à les copier, à s'en servir.

Les entrepôts et les maisons d'habitation que ces appareils militaires abritent d'abord, et qui les dépassent ensuite, seront simples. Il s'agit presque toujours d'une sorte de parallélipipède posé sur le sol sur un de ses longs côtés, surmonté d'un toit avec un faîte central déterminant quatre pentes qui épousent les dimensions des côtés, recouvertes de tuile romaine, avec un dépassement du bord pour que les eaux ne coulent pas sur la façade. Le mur est plat, passé à la chaux blanche ou teinté d'ocres, l'angle du bâtiment est souligné par une barre verticale de couleur plus vive (parfois du bleu, survivance méditerranéenne et mauresque, Aniline d'Inde) et une plinthe de même couleur séparant le mur du sol sur lequel il s'appuie. Le modèle de l'architecture *plane* (15) est né. Avec des variantes, des embellissements, des matériaux plus ou moins nobles, des dimensions plus ou moins grandes, il viendra jusqu'à nos jours. Et tout le long des siècles, sur ces murs plats, ressortiront les décors des ouvertures : un trait de couleur plus vive dans le pourtour des fenêtres rectangulaires et des portes pour les constructions plus modestes ou juste utilitaires, un traitement en pierre, voire en marbre, parfois très mouluré, pour les demeures plus riches et plus ambitieuses.

---

(15) Nous proposons ce terme comme traduction de celui, anglais de l'historien George KUBER qui le premier qualifia ce type d'architecture portugaise (les Portugais l'appellent « *chã* ») dans un livre qui fit date : *Portuguese Plain Architecture – 1521-1706*, Wesleyan University Press, Middletown, Connecticut, 1972.

On voit se dessiner ainsi les grands palais : longs murs *plans* avec des rangées de fenêtres à hauteur du premier étage et une ou plusieurs grandes portes ; le toit à quatre pentes ; l'angle de l'édifice souligné, la plinthe près du sol ; et lorsque le goût aura changé et que la mode « *du baroque* » aura gagné le Portugal, celui-ci développera ou compliquera les moulures, les cartouches, les frontons qui composent le pourtour des ouvertures, mais ne changera souvent rien au plan au sol des bâtiments, cube ou parallélipipède, et maintiendra un mur strictement lisse, par ailleurs, que seul, dans les maisons nobles, un blason viendra parfois orner. Modèle applicable selon les moyens dont on dispose et les besoins de l'habitat, à toutes les couches sociales et pour toutes les fonctions. Les changements du goût se verront ainsi sur les placages extérieurs ou dans l'agencement intérieur, et jamais, dans la majorité des cas, dans l'infra-structure même des édifices.

*

L'architecture baroque du palais-couvent-basilique-bibliothèque-hôpital-caserne de Mafra (1707-1750) adopte le plan en grille, déjà appliqué à l'Escurial en Espagne (et qui sera celui des Invalides à Paris et celui de la Reggia de Caserte, à Naples). Elle est baroque dans la force des volumes de ses tours d'angle. Encore qu'elles ne soient qu'une adaptation du modèle herrerien (16) bâti sous Philippe d'Espagne au Palais Royal de Lisbonne. Et surtout, en ce qui concerne la basilique, franchement décalquée du modèle baroque de Saint Pierre de Rome. Mais même là, alors que son grand narthex ose des ellipses grandioses, la façade de l'église s'inscrit dans la ligne *plane* de l'ensemble de la façade principale du bâtiment, qui s'étale sur 220 mètres, dont elle ne se détache que par la hauteur des deux tours et de l'escalier monumental qui y mène.

Le nord du Portugal se permettra cependant quelques innovations architecturales selon le goût baroque, au XVIIIe siècle. Certaines grandes demeures du Minho ou de Trás-os-Montes onduleront la ligne supérieure de la façade ou adopteront des formes complexes dans leur plan. Mais le *baroquisme* – et non pas la notion très maitrisée du véritable baroque – se fera sentir plutôt

---

(16) Herrera, grand architecte de l'Escurial qui suivit à Lisbonne Philippe II lorsque celui-ci ajouta la couronne du Portugal, en 1580, à celle de l'Espagne. Une tour imposante fut alors ajoutée au Palais Royal, portugais, au sud, modèle qui avec des variantes ira jusqu'au nouveau Palais d'Ajuda (après 1792) !

dans la surcharge des façades, dans les débordements ornementaux (comme dans certains *solares* (17) du Minho) tout à fait étonnants, des pourtours des portes et des fenêtres qui finissent par envahir le mur tout entier. Curieusement, ce serait dans ces cas, qu'un *baroquisme* décoratif pourrait faire penser, *mutatis mutandis*, à des ensembles décoratifs *manuélins*. Ou alors, serait-ce ce goût, même dans certaines constructions plus modestes, de l'ornement des ouvertures qui s'est prolongé, en plaquant sur des murs plats une décoration exubérante ? Goût que l'on pressent se mettre en place à l'époque *manuéline* certainement. Encore une fois, il s'agit d'assemblage avec le mur portant d'un travail décoratif complexe qui, en quelque sorte, le « pervertit ».

*

L'architecture religieuse suivra le même chemin que l'architecture civile. Et, tout d'abord, pour des raisons pragmatiques. Les besoins spirituels, ou / et la volonté expansionniste de l'Église chrétienne obligent à la construction d'édifices religieux là où il y a implantation d'Européens, même sur les comptoirs africains, qui, au départ, n'avaient qu'un but commercial et militaire. Les Portugais construiront donc selon un modèle proche de celui de l'habitat des hommes. Les chapelles seront de simples parallélipipèdes, posés sur le sol, avec, parfois, un décrochement à l'arrière pour marquer le chœur ou le maître-autel.

Les grandes constructions *manuélines* (et le portail de la Madeleine à Goa n'est qu'un unique portail, sorte de simple citation de celui de la Madre de Deus à Lisbonne – fondation de la reine Léonor) sont réservées au seul Portugal. L'extérieur demeure un lieu de gain, d'aventure ou d'installation rapide pour le commerce. Les édifices religieux suivront donc l'exemple pratique des autres.

C'est l'Église de la Contre-Réforme qui viendra modifier cette situation. Si la France est la fille-aînée de l'Église, et l'Espagne la porte du mirage américain, le Portugal, lui, est, et cela dès avant la fin du Concile de Trente (terminé en 1563), le champion de la conquête de l'Orient pour l'Église catholique et missionnaire. Déjà Jean III (mort en 1557) avait accueilli avec enthousiasme les premières décisions du Concile de Trente où il avait envoyé

---

(17) Terme qui désigne les grandes demeures aux champs de l'aristocratie portugaise, en particulier au nord du Tage. Une forte quantité de *solares* se trouve dans la province du Minho, au Nord-Ouest du pays.

plusieurs représentants. En 1567, la Compagnie de Jésus installe un siège, à Saint Roch, à Lisbonne, avec tout un quartier, tiré au cordeau, autour, pour la clientèle et son administration (ce qui est devenu, par la suite, le *Bairro Alto*). Elle fera appel à un architecte portugais, Alfonso Alvares, pour élever l'église. Il *inventera*, et somme toute à partir de l'idée même du modèle *plane*, un type d'église très linéaire : parallélipipède dont les contreforts sur les longs côtés sont invisibles de l'extérieur et cloisonnent à l'intérieur un rang de chapelles ; l'espace central est totalement vide, propice au sermon. Le chevet est plat et le maître-autel est dessiné à l'intérieur comme un grand arc-de-triomphe en méplat. Schéma facile à copier, modèle idéal à transporter. Les missionnaires jésuites l'implanteront un peu partout en Orient ; plus tard, lorsque le Brésil intéressera enfin les Portugais, qui perdent petit à petit leurs possessions en Asie, ce même modèle fleurira sur le continent luso-américain.

La Compagnie de Jésus n'allait, cependant, pas écarter le grand modèle du Gesù, son siège central. Elle l'employera pour des édifices plus majestueux, comme Saint-Paul à Macao, et il sera à la base de plusieurs grandes constructions au Portugal même, comme la nouvelle cathédrale de Coimbra.

Évora fournira aussi un modèle du XVIe siècle : la grande église de Saint-François, à voûte encore nervurée, est additionnée d'un portique extérieur à arcades et elle inspirera les architectes de l'église jésuitique du Saint-Esprit (intégrée dans l'Université Jésuite de la ville) qui transformeront la voûte gothique en voutement à caissons et bas-côtés en grandes chapelles latérales, communiquant entre elles par une sorte d'étroit couloir. Le portique à arcades et le plan du Saint-Esprit serviront de modèle à maints édifices religieux, surtout au Brésil.

Enfin, une église non affiliée à la Compagnie de Jésus, Saint Vincent-hors-les-murs à Lisbonne, fut bâtie à partir de 1572 sur les plans de l'architecte italien Filipo Terzi. Elle présente une haute façade à deux étages, séparés par une forte corniche moulurée, en ligne brisée, et divisée, en cinq dans sa verticalité, avec un portique-narthex intégré dans la façade, à trois arcatures, et le tout surmonté de deux hautes tours-clochers jaillissant de chaque côté. Ce nouveau modèle sera fortement suivi par des missionnaires non-jésuites en Inde d'abord, puis ailleurs.

Dès le début du XVIIe siècle, on verra apparaître les églises qui mélangent les modèles de base. Fondamentalement : le plan au sol de Saint-Roch, la façade terzienne, mais abondonnant la forte mouluration ; entre les tours de laquelle on inscrira le fronton triangulaire plat de Saint-Roch. Parfois le plan au sol suivra celui de l'église du Saint-Esprit, avec ou sans portique. Ce modèle mixte sera gardé jusqu'au XIXe siècle compris. Il s'agit donc d'un modèle hérité de la construction de la période maniériste ou du pragmatisme portugais de la deuxième moitié du XVIe siècle. Comme pour les bâtiments civils, les transformations extérieures se borneront à la décoration plus ou moins fournie et variée des ouvertures ou du fronton. Le modèle mixte pourra se dilater (comme à la Miséricorde de Viseu), se verticaliser (comme aux Carmes de Recife), s'allonger ou se rapetisser... Il se réfèrera constamment aux schémas imposés au XVIe siècle.

Les véritables changements de plan qui introduisent la rondeur et l'ellipse baroques seront rares et de toute façon n'apparaîtront qu'en plein XVIIIe siècle, par la voie de Porto (où l'architecte italient Nasoni travaille à partir de 1732 à l'église des *Clérigos*) qui saura adopter un baroque lourd qui semble convenir, d'ailleurs, à la configuration même de cette capitale du nord du Portugal. On peut imaginer que c'est de là que partiront des exemples vers le Brésil, au XVIIIe siècle, où l'on retrouve alors des plans qui insèrent la courbe elliptique, comme l'église du *Rosário* à Ouro Preto ou *São Pedro dos Clérigos* à Recife.

C'est également dans le Nord du Portugal qu'apparaîtront les grands *sacro-monte* baroques : immenses escaliers à paliers innombrables, ornés de statues et d'édifices à prière, stations de la Passion du Christ, décor somptueux et ascensionnel pour la mise-en-scène des grands pélerinages. Nossa Senhora dos Remédios à Lamego et le Bom Jesus à Braga surtout auront des adeptes aussi bien au Brésil (remarquable ensemble du Bom Jesus de Congonhas do Campo par l'*Aleijadinho*) et même encore en Inde où, déjà au XIXe siècle, on adoptera ce grand dessin d'escalier pour le pélerinage de Panjim.

*

C'est à l'intérieur, principalement, que les édifices religieux reprendront la conception d'une refonte de l'espace, inaugurée, probablement sous la période *manuéline*.

La Contre-Réforme avait édicté une multitude de règles extrèmement précises en ce qui concernait l'art religieux. Depuis le plan des édifices jusqu'au plus infime détail de sa décoration sculptée ou peinte, l'ensemble était subordonné à une volonté supérieure, on peut même dire à une politique de propagation de la Foi, désormais Catholique Apostolique Romaine. Rome connaissait alors, après la violence du sac qui l'avait dévastée

(1527), à la fois une période de grandes interrogations et une nécessité de refuge dans un art qui exprimerait le drame et proposerait une sur-théâtralité qui le ferait oublier. La pompe dont l'Église s'affublera est préméditée. L'immense mise-en-scène de son cérémonial – est une architecture et une mise-en-place d'un cérémonial, aussi – vise à épater le client, à le troubler, et, par là même, à le rendre plus fragile, plus soumis à son émotivité. La mise-en-scène inclut le public qui est lui-même mis-en-scène dans les espaces qu'on lui propose. Les édifices en ellipse, par exemple, sont un parfait modèle de cette mise-en-espace du visiteur qui ne domine pas immédiatement l'exacte proportion du volume intérieur, lequel prend alors des dimensions variables selon les déplacements du visiteur. Il suffit d'entrer dans une église du Borromini ou de se déplacer entre les *bras* de la colonnade du Bernin devant Saint-Pierre pour le constater. La décoration de cet espace intérieur est partie totalement intégrante de cette dramaturgie dans laquelle on enveloppe le visiteur, ce croyant qu'il faut garder dans son émotivité, qu'il faut projeter par le drame de l'ombre et de la lumière, dans l'élan affectif, ou ce futur croyant qu'il faut, à tout prix, surprendre, envelopper dans les filets d'un émerveillement qu'il ne saura trop expliquer et duquel il ne pourra plus se délier. L'espace intérieur d'une grande église de la Contre-Réforme n'existe pas dans sa *pureté* architecturale. Il est re-création, *perversion* du volume architectural. Il faut se laisser prendre (et comment ne pas le faire, sauf si de très forts préjugés esthétiques, et donc, – il faut avoir le courage de se l'avouer – éthiques, vous en empêchent), un jour où toutes les lumières sont allumées à Saint-Ignace ou au Gesù de Rome au jeu de ses voûtes littéralement *crevées* par les peintures à trompe-l'œil (terme bien baroque) qui empêchent de savoir où se terminent les murs et où commence le voûtement ; celui-ci n'est plus qu'architecture infiniment prolongée et ouverte sur un ciel plus admirablement théâtral que celui qui, normalement, se trouve au-dessus des toitures, ciel rose et bleu, peuplé de figures dont le mouvement d'ensemble oblige le regard, le force au jeu et, par conséquent, le rend captif.

Ce sont les plafonds en bois, presque plats, que d'abord les jésuites, puis tous les autres ordres religieux et commanditaires d'églises et de chapelles, peindront au Portugal, recréant un espace céleste au-dessus de ces nefs-rectangulaires dans lesquelles la voix du prêcheur s'élèvera pour mieux convaincre. Et comme pour reprendre l'idée médiévale que « l'église est un morceau de ciel sur la terre », on lui adjoindra des fenêtres hautes pour l'éclairer, mais aussi pour que Dieu, par ses rayons, puisse visiter cette halle, ou plutôt cette *rue* avec ses autels latéraux comme autant de maisons où l'on se rend, marché de la Foi, et mise en valeur, souvent géniale, de ce que l'on veut y vendre.

Toujours est-il que si la conception architecturale, même dans ses variantes, reste pour l'essentiel (et à quelques exceptions près, et, encore, qu'au XVIIIe siècle seulement) attachée aux schémas du XVIe siècle, ceux de la Contre-Réforme et du pragmatisme, et non ceux des plaisirs fous du premier quart, l'agencement de l'intérieur pourra, lui, s'offrir – et l'Église agira dans ce sens – tous les luxes, y compris celui d'afficher une richesse que d'aucuns jugeraient scandaleuse au milieu d'un peuple souvent miséreux. Et à plus forte raison, puisqu'ainsi l'église devient le lieu du rêve et rejoint, enfin, ce lieu inatteignable dans lequel on se plonge avec ravissement en se laissant émerveiller par la lumière d'or et le faste, image terrestre d'un paradis que l'on vous promet toujours pour plus tard.

Reprenant à son compte les habitudes artisanales et artistiques de la sculpture sur bois très prisées dans toute la Péninsule Ibérique (l'admirable musée de Valladolid nous indique parfaitement cette filiation depuis le XVIe et XVe siècles) le Portugal la dorera d'autant plus volontiers que la découverte de mines d'or au Brésil (des tonnes d'or à partir de 1669, dont un cinquième va à l'Église et une autre partie y va, aussi, en dons des particuliers qui veulent s'acheter leur paradis privé) lui offrira l'occasion de perfectionner un savoir-faire coûteux. La *talha dourada*, cette scuplture sur bois, peinte, puis dorée à la feuille presque intégralement, est d'abord réservée aux retables et aux autels, mais envahira, peu à peu, tout l'intérieur de l'édifice religieux. Saint-François et Sainte-Claire à Porto ou Saint-François à Salvador de Bahia n'ont plus un centimètre de mur ou de voûte apparents. Le ciel et les anges surveillent du haut de la nef, dans un tourbillon de rubans, un lieu entièrement doré, lui aussi extrêmement mobile et surprenant, puisque toutes les scupltures, même les plus infimes qui recouvrent le bas des piliers ou les côtés des tables d'autel, représentent quelque chose : feuillages, animaux, *putti*, étoiles, et jusqu'à des éléments d'architecture, tels des colonnes salomniques ou des bouts de corniche, qui se superposent à l'infra-architecture. A l'exception de quelques têtes qui gardent leur carnation, quelques manteaux colorés ou quelques touches de rouge, le tout est recouvert de feuille d'or ; comme figé dans la mort paradisiaque d'une éruption dorée. La lumière jette des ombres dans les renfoncements et fait briller intensément les saillies ; une lumière surnaturelle, travaillée par l'or, comme dans ces tableaux de Saints reçus au Ciel, proposés à l'admiration du croyant.

Lorsqu'on s'apercevra de la débâcle économique à la mi-XVIIIe siècle, on essayera à tout prix de perpétuer cette enveloppe intérieure dorée, sous des ciels peints aussi bien dans les dernières églises du Minas Gerais (18), de Recife que jusqu'à ces églises de Rio de Janeiro (les Carmes ou la Conceição, par exemple) pour lesquelles on commandera encore des *talha dourada* en assez grande quantité en plein XIXe siècle. Le Portugal métropolitain, après le tremblement de terre de 1755, préfèrera montrer un visage plus sobre et choisira les marbres à l'italienne pour la décoration de la basilique de l'Étoile à Lisbonne (1791). Il couvrira, cependant, les murs intérieurs de ses palais (celui, royal, de Queluz, par exemple, ou les grandes maisons du Nord) des derniers feux exquis de cette *talha dourada* dont quelques-uns des plus beaux morceaux religieux de la capitale avaient fondu dans les flammes de l'interminable incendie qui suivit le tremblement de terre.

*

Le Portugal, d'autres l'on dit, n'est pas un pays de peintres. Question de formation, question de géologie. Ou question d'adaptation ethnique. Les *azulejos*, importés par Manuel I, trouveront, eux, leur terrain d'élection au Portugal. Technique sevillano-mauresque en premier lieu, techniques italiennes qui introduisent, précisément, une picturalité nouvelle, techniques de Delft bien plus tard ; encore une fois : jeu d'influences, dont le résultat est, toutefois, un traitement original de ce matériau. Manuel I avait donné le ton en introduisant dans son Palais de Sintra cet autre mur, autrement plus mouvant et imaginatif, par-dessus le mur de base, qu'est le décor d'*azulejos*. Très vite ceux-ci envahiront tout, bancs, fontaines, plinthes intérieures, et peu à peu re-créeront une architecture par la forme même et la couleur qu'ils sauront imprimer au mur, à la fontaine, au pourtour intérieur d'une porte. Ils remplaceront même les tapis orientaux, dont ils imiteront le dessin sur le sol et sur les murs.

Plus tard les scènes de genre viendront agrémenter le lam-

(18) Où le peintre Athayde, après avoir travaillé au Portugal, peindra de très beaux plafonds, en particulier pour des églises où le célèbre sculpteur et architecte connu sous le nom d'Aleijadinho travailla aussi.

brissage en *azulejo* des grandes maisons. D'autres architectures en bleu et blanc, en jaune et rose, porteront le regard au-delà du mur lui-même. Trompe-l'œil en faïence, pratique, transportable, qui évite le salpêtre apparent des murs et rafraîchit les maisons en période de chaleur. L'église en fera aussi grand usage. Les « *tapis* » couvriront les parois, les scènes de genre deviendront les vies de Saints qui formeront des lambris dépassant la hauteur d'un homme. Le Brésil en fera venir pour l'intérieur des cloîtres, le bas des autels, les murs latéraux. On ira jusqu'à les imiter sur bois, comme à Saint-François d'Ouro Preto, dans les cas où le transport depuis les ports portugais devenait impossible ou trop cher.

Ils complèteront les parois intérieures des églises (19) où la *talha dourada* ne sera pas posée, faisant naître une sorte de dialectique avec elle, de jeu de froid-chaud, de profondeur du trompe-l'œil en faïence et du fort bas-relief des dorures ; créant un type d'espace intérieur qui est, sans doute, un des apports les plus originaux de l'art portugais.

*

Est-ce une vraie architecture ou un système décoratif ? Nous sommes tentés de croire qu'il s'agit, comme pour le *manuélin*, mais poussé à une plus large échelle, d'une capacité très grande à ré-organiser cet intérieur et à compléter une architecture portante par une architecture « *fausse* » qui la double, la multiplie, et devient l'architecture intérieure.

On pourrait, alors, gloser indéfiniment sur les rapports d'un peuple avec son art. Nous laissons à d'autres le soin de le faire ou au lecteur celui de l'imaginer.

Nous préférons, plutôt, souligner, en conclusion, qu'à partir du XVIe siècle (et pour l'art militaire, du XVe)l'architecture, l'art donc, portugais ne peut se comprendre uniquement dans les limites des frontières du Portugal européen. L'aventure, aussi étonnante soit-elle, de l'art dit *manuélin*, reste, elle, exclusivement métropolitaine et, somme toute, circonscrite dans le temps. Elle aura eu, par ailleurs, le mérite de poser des choix architecturaux et décoratifs, ou des deux ensemble, qui marqueront le pays. Les besoins de la gestion et de la colonisation, aussi bien que ceux de

---

(19) En encadrant chaires-à-prêcher en *talha*, pourtours d'ouvertures, mais aussi plinthes, murs plus cachés, fonds baptismaux, ou plus simplement parois latérales à hauteur du regard des hommes. Quand il n'y aura pas assez de *talha*, ils assureront toujours leur présence. Les *azulejos*, permettent une application mobile sur toute surface et tout contour.

l'évangélisation, propulsent hors du territoire métropolitain les habitudes, les pratiques et autres modes portugaises, ou qui convergaient au Portugal avec les adaptations que celui-ci leur avait fait subir. En contre-partie, toutes ces régions du globe dans lesquelles la main-d'œuvre, l'imagination et les matériaux locaux auront contribué, à leur façon, à modifier les modèles venus d'Europe, verront leurs apports originaux, de par la circulation des hommes et, par conséquent, des formes, pris en compte à leur tour et inscrits dans le système décoratif de tel ou tel modèle d'une autre région du *« monde portugais »*. La maison portugaise, que des architectes de la fin du XIXe siècle considéreront comme véritablement typique, avait intégré, la boucle est bouclée presque imperceptiblement, des éléments formulés en Asie ou au Brésil, par exemple.

*

Finalement, depuis le *manuélin*, église, couvent, palais, édifice public ou privé, la ligne de démarcation entre architecture-portante et système décoratif qui s'y intègre est si fragile que l'on prend souvent pour des nouveautés architecturales ce qui, en fait, semble n'être qu'un appareil ornemental.

L'originalité ne réside-t-elle pas dans cette assimilation entre architecture et ornementation ? Dans les formes qui sont parvenues jusqu'à nous ne faut-il pas voir, entre les réalisations de l'architecture *plane* et sa re-création, souvent intérieure, par l'architecture de l'ornement (pierre, *talha* et *azulejo*) une définition de ce qui serait un art national portugais ?

Pierre LEGLISE-COSTA.

CALOUSTE GULBENKIAN A CHOISI LE PORTUGAL

Personne ne niera le bonheur laissé, par le grand mécène que fut Calouste Gulbenkian, aux amateurs de belles choses en général et au monde lusitanien en particuier : la Fondation qui porte son nom à Lisbonne en est la preuve tangible. Pourtant tous ceux qui ont connu de près ou de loin Calouste Gulbenkian sont dans l'embarras quand il s'agit de cerner sa personnalité : tantôt décrit comme timide et sensible, tantôt salué pour avoir été celui qui s'affirmait avec une assurance déconcertante dans les domaines les plus divers, ses biographes concordent pour dire que c'était un homme qui était farouchement jaloux de sa vie privée et qui se défendait contre tout ce qui pouvait menacer sa manière de vivre, en un mot qui s'était attaché à travers toute son existence à rester secret. Mais qui était cet Oriental mystérieux ?

Calouste Sarkis Gulbenkian naquit en 1869 sur les rives du Bosphore, dans le faubourg d'Istambul qui s'appelle Scutari, d'une famille de commerçants arméniens aisés. Ses études se firent d'abord en Turquie, puis au King's College de Londres, d'où il sortit en 1887, diplômé avec mention du « Department of Engineering and Applied Sciences ». Dès l'année suivante il allait poser, peut-être même sans s'en rendre compte, les premiers jalons de sa carrière, grâce à un voyage qu'il fit en Transcaucasie : c'était un voyage d'observation minutieuse de la région, comme en témoigne un journal qu'il publia à son retour, *La Transcaucasie et la Péninsule d'Apchéron - Souvenirs d'un voyage*. Les descriptions détaillées qu'il y avait faites ne manquèrent pas d'éveiller de l'intérêt de plusieurs côtés, en particulier au Ministère des Mines du gouvernement ottoman, plusieurs chapitres du journal ayant été repris à l'étranger, entres autres en France sous le titre « Le pétrole, source d'énergie ». C'est ainsi que le gouvernement turc demanda à ce jeune homme de 22 ans de rédiger un rapport sur les champs pétrolifères de l'Empire, notamment ceux de Mésopotamie. Le fantastique destin de Calouste Gulbenkian allait commencer.

Les qualités de clairvoyance et les capacités de négociation de ce jeune financier en herbe allaient faire de lui à la fois le pionnier et l'homme-clé du développement pétrolier du Moyen-Orient. Ayant compris dès la fin du siècle parmi les premiers l'importance que le pétrole allait bientôt prendre, il fut mêlé aux toutes premières négociations internationales, que ce soit à propos de la création du groupe *Royal Dutch Shell* ou dans les discussions entre les compagnies américaines et russes en voie de création dans le Golfe Persique. En même temps le nom de Calouste Gulbenkian fut intimement lié aux débuts de l'industrie pétrolière française : en 1915 les Anglais s'étaient fait attribuer la part de la *Deutsche Bank* dans la *Turkish Petroleum Company* et environ à la même époque Gulbenkian, qui avait aidé le gouvernement français à mettre sur pied le « Comité Général du Pétrole », avait présenté un plan qui concluait qu'une partie des intérêts pétroliers des anciennes puissances ennemies dans la région du Moyen-Orient devait revenir à la France. La France fit sienne cette revendication, à laquelle le traité de San Remo de 1920 donna satisfaction. La *Compagnie Française des Pétroles*, créée en 1924, eut ainsi accès aux réserves pétrolières du Moyen-Orient. Infatigable, tenace, persévérant, Gulbenkian continua à négocier le partage du fabuleux trésor d'or noir jusqu'en 1928, date à laquelle il reçut sa non moins fabuleuse récompense. C'est cette année-là en effet que les actions de l'ancienne *Turkish Petroleum Ltd* devenue l'*Iraq Petroleum Company Ltd.* furent réparties entre l'*Anglo Persian Oil Co.*, le groupe *Royal Dutch Shell*, la *Compagnie Française des Pétroles* et la *Near East Development Corporation* (moitié *Socony Mobil Oil*, moitié *Standard Oil*). Chacune de ces compagnies se vit attribuer 23,75 % du capital, et les 5 % restants revinrent au négociateur, devenu « Monsieur Cinq Pour Cent ».

L'« argent de poche » ainsi assuré à Calouste Gulbenkian en cette année 1928 était évalué à 7 millions de dollars. Une somme de cette importance était capable d'éveiller chez n'importe quel amateur de belles choses le goût d'acquérir des chefs-d'œuvre. Gulbenkian n'avait cependant pas attendu d'être fabuleusement riche pour commencer à collectionner ses œuvres d'art ; il racontait lui-même que, tout jeune garçon déjà, ayant reçu en récompense pour de bonnes notes à l'école une somme de 50 piastres de son père, il courut acheter au bazar quelques pièces de monnaie anciennes... Plus tard, adolescent, il montra de l'intérêt et un goût sûr pour des tapis persans, et à la fin du siècle, âgé d'à peine trente ans et déjà millionnaire, sa vocation de collectionneur s'était confirmée. Ses premières acquisitions ne peuvent pas avoir leur place parmi les œuvres qui constituent aujourd'hui la collection Gulbenkian, mais en les choisissant, Calouste recherchait déjà qui allait caractériser plus tard tout ce qu'il possédait : la perfection. Au seuil de ses soixante ans, en 1928, possesseur de moyens financiers énormes, pouvant s'enorgueillir d'avoir réussi comme peu d'autres sa vie d'homme d'affaires, jouissant d'une expérience déjà longue de connaisseur et de collectionneur, Gulbenkian pouvait se consacrer totalement à ce qui était devenu chez lui une véritable passion : la constitution et l'enrichissement de ses collections.

Dans cette exigence de la perfection pour le choix de ses acquisitions, Gulbenkian avait quelques lignes directrices bien définies : le goût du beau, oui, mais aussi celui du classique, de tout ce qui représente la permanence des valeurs à travers les siècles. « Les six caractéristiques qui distinguent un collectionneur sont : le désir de posséder, le loisir, la richesse, la connaissance, le discernement et la persévérance », disait-il volontiers, et peut-être cette soif de posséder était-elle chez lui ce qui passait avant tout. « Ce sont mes enfants » se plaisait-il à dire de ses objets d'art, et come un parent trop possessif, il les voulait pour lui tout seul. Maurice Rheims écrivait : « Gulbenkian, collectionneur passionné, refuse l'accès de sa maison. Ses objets n'ont que la visite de deux valets de pied et du gardien de nuit... » D'autres témoignent qu'il suffisait de demander à Gulbenkian la permission d'amener des amateurs d'art chez lui pour se faire rétorquer : « Pour nous Orientaux, le foyer est strictement privé et en quelque sorte sacré ; mes œuvres d'art représentent pour moi beaucoup de bonheur intime, et admettre à les visiter de parfaits étrangers troublerait la quiétude et la retraite de ma demeure ».

La richesse, il la possédait ; quant au « loisir », il prenait le temps nécessaire pour voyager, et entre 1928 et 1934 Gulbenkian fit une série de visites en Europe, en Afrique et au Moyen-Orient. Les six volumes des *Journaux de voyage* dans lesquels il a inscrit dans le plus petit détail ses commentaires sur ce qu'il avait vu au cours de ces voyages, et qui se trouvent aujourd'hui dans la bibliothèque de sa Fondation, sont d'étonnants témoignages de la fraîcheur d'observation et de la passion des belles choses chez ce sexagénaire. « Une fête fantastique pour les yeux et les sens », écrivait-il par exemple en décrivant la fresque du Corrège qui se trouve dans le dôme de la cathédrale de Parme, « car il y a de la joie de vivre, de la volupté et des chairs qui ne sont pas précisément du domaine de la religion. » Plus critique devant le Saint Sépulcre à Jérusalem, il note sèchement : « Certainement il faut l'émotion du souvenir religieux pour apprécier ce sanctuaire ». Et en collectionneur avisé, il gribouillait sur son journal, en sortant de la cathédrale de Grenade, où il avait longuement admiré deux superbes statues en bois peint, l'une représentant Jeanne la Folle, l'autre Philippe le Beau : « On m'a dit qu'il serait peut-être possible de faire l'acquisition de ces statues. Il faudra que je m'en occupe plus tard. »

Que Calouste Gulbenkian ait eu de la connaissance et du discernement, ses collections sont là pour en témoigner. On peut ajouter que son goût était en plus à la fois éclectique et très personnel. Eclectique, parce qu'il prospectait dans tous les domaines, s'intéressant non seulement aux tableaux et aux sculptures, mais aussi à l'argenterie, aux monnaies et aux manuscrits anciens, aux tapis persans et aux tapisseries, aux meubles français du XVIIIe siècle, aux objets de haute époque, etc. Très personnel, car il avait ses propres canons, se fiant parfois et quelle que fût la mode du moment à son propre flair. N'est-ce pas ainsi qu'il a acheté une collection unique de bijoux de Lalique à une époque où ceux-ci n'étaient guère appréciés, et une série de Guardi alors que ce peintre était quasi inconnu du grand public ?

Pourtant toutes ces qualités n'auraient pas suffi à Calouste Gulbenkian pour acquérir quelques-unes des grandes vedettes de sa collection. Il fallait pour les obtenir que ce fin spéculateur se serve des armes qui lui avaient valu son titre de « Monsieur Cinq Pour Cent », c'est-à-dire la patience, la persévérance et la ruse; car il avait comme adversaires les millionnaires et les marchands internationaux. « Rien ne manqua dans sa tactique, feintes, contre-feintes, crocs-en-jambe, parades... » raconte le président de la Fondation Gulbenkian, Maître José de Azeredo Perdigão. Et il en sortait ayant parfois payé des prix dérisoires, à force d'avoir fait preuve de la patience et du savoir-faire du marchand de tapis dont il était le fils.

Ainsi se composa, lentement, pièce par pièce, la collection de Gulbenkian. Toujours les meilleurs experts pour le guider dans ses choix, que ce soit Howard Carter pour la constitution de la collection d'objets égyptiens, Kenneth Clark pour les tableaux, le professeur Arthur Pope pour les tapis ou le Dr. E.G.S. Robinson, du *British Museum*, pour la numismatique. Parfois aussi des intermédiaires pour traiter certaines transactions afin qu'elles restent secrètes, en particulier quand il s'agissait d'objets rares chez des particuliers ; parfois un temps de réflexion – il lui arrivait de se faire livrer chez lui par un marchand un objet qu'il désirait et de le contempler pendant des semaines avant de se décider ; parfois, poursuivant l'objet convoité avec un entêtement farouche jusqu'au triomphe, ce qui conduisit Maurice Rheims à dire de lui que « lorsqu'il désirait tel ou tel objet d'art, rien ne résistait à sa passion ». La manière dont il procédait entre le moment où il voyait un objet pour la première fois et celui où il l'acquérait variait toujours, mais ce sur quoi il ne transigeait jamais, c'était la qualité. En ceci Calouste était invariable : « *Only the best is good enough for me* » disait-il.

*

Tout en l'enchantant, cette richesse allait petit à petit poser un grave problème à Gulbenkian : celui de l'espace vital. Déjà en 1923, avant même d'avoir acquis l'essentiel de ses collections, il avait été obligé, après avoir tantôt habité à Paris quai d'Orsay, tantôt à Londres à Hyde Park Corner, d'acheter deux immeubles avenue d'Iéna à Paris, qu'il fit réunir pour y abriter ses objets d'art. Mais bientôt cette somptueuse résidence-musée allait, elle aussi, devenir trop exiguë et son propriétaire contraint de loger bon nombre de ses « enfants » dans ses caves, tandis que d'autres étaient mis en dépôt chez des antiquaires ou chez des marchands, où Gulbenkian s'amusait à leur rendre visite en cachette. Dès le milieu des années 30 il prenait l'habitude de prêter des objets à des musées : sa collection d'art égyptien partait pour le *British Museum*, certains tableaux pour la *National Gallery*; d'autres objets apparurent dans des expositions temporaires en France et en Grande-Bretagne. Pourtant l'idée de réunir toutes ses collections commençait à germer dans sa tête, et en 1938 il exprima l'intention de créer une Fondation.

A l'origine Gulbenkian pensait créer cette Fondation à Londres, non à la *National Gallery* proprement dite qui était, et qui devait rester, une pinacothèque, mais dans une aile qui serait spécialement bâtie pour abriter les collections Gulbenkian. Il commanda des plans dont il fut très satisfait, tout comme il était heureux de s'associer à la *National Gallery*, dont le Directeur Kenneth Clark était un de ses proches amis. Puis la guerre éclata, entraînant des événements qui allaient bouleverser ce projet : citoyen britannique, Calouste n'en occupait pas moins le poste de Conseiller économique près l'Ambassade d'Iran à Paris depuis plusieurs années, et, en 1941, en même temps que quelques autres membres de la mission iranienne, il suivit à Vichy le gouvernement du Maréchal Pétain. La réaction des autorités britanniques ne se fit guère attendre : Calouste Gulbenkian fut déclaré « *technical enemy* » et ses biens, y compris les intérêts qu'il possédait dans les entreprises pétrolières anglaises au Moyen-Orient, confisqués.

Cette décision fut annulée en 1943, mais Gulbenkian n'allait jamais oublier ce qu'il considérait comme un affront immérité, et lorsque, la guerre terminée, le nouveau directeur de la *National Gallery* lui annonça qu'à cause des travaux de restauration du musée la nouvelle « aile Gulbenkian » ne pourrait se construire avant longtemps, il commença à chercher ailleurs un emplacement pour sa Fondation. Depuis 1943 il habitait le Portugal, doux pays de charme et de sécurité en ces temps troublés de l'après-guerre en Europe, et qui de plus offrait des conditions fiscales idéales. De plus en plus Gulbenkian, qui n'était insensible à aucun de ces avantages, trouvait ce pays très attrayant... En vain la *National Gallery* fit-elle des efforts de rattrapage. Une autre *National Gallery,* celle de Washington, où Gulbenkian avait fait envoyer quelques œuvres, essaya elle aussi à travers son directeur John Walker de persuader le mécène d'installer sa Fondation aux Etats-Unis, tandis que la France envisageait avec inquiétude le départ des collections de l'avenue d'Iéna. Mais le Portugal avait, pour plaider sa cause, un atout redoutable en la personne de Maître Perdigão. Cet avocat fin, dynamique et efficace, allait finir par convaincre et de façon définitive Calouste Gulbenkian que la fondation qui allait porter son nom devait inéluctablement avoir sa place au Portugal. Ensemble les deux hommes allaient rédiger un premier testament, puis un deuxième, définitif celui-là, que le testateur signa le 18 juin 1953 à Lisbonne et dans lequel il créait une fondation dont, disait le testament, « les buts sont charitables, artistiques, éducatifs et scientifiques ». Le 2 octobre 1969 la Fondation Gulbenkian ouvrait ses portes au public.

Parmi les premières clauses du testament de Calouste Gulbenkian se trouve celle qui stipule que la Fondation est portugaise, et par conséquent régie par la loi de ce pays, avec son siège à Lisbonne. Et plus loin : « Elle exercera ses activités non seulement au Portugal, mais dans tout autre pays où ses administrateurs le jugeront bon ». Aujourd'hui 70 % du budget de la Fondation sont effectivement réservés au Portugal, où son action est essentiellement de caractère charirable ou pédagogique, que ce soit dans le domaine de la culture, de l'éducation ou des sciences.

La raison d'être de la Fondation dans l'esprit de Gulbenkian était le désir, devenu chez lui une véritable obsession vers la fin de sa vie, de réunir sous un seul toit les 6 440 objets qu'il avait collectionnés au cours de son existence. Il n'allait jamais voir la réalisation de ce rêve, car il mourut en 1955, mais une des premières choses que firent les administrateurs de la Fondation fut de réunir au Portugal, en les faisant venir d'Angleterre, des Etats-Unis et de France, les collections Gulbenkian, ce qui allait nécessiter de nombreuses négociations délicates et patientes. En ce qui concerne les trésors de la résidence de l'Avenue d'Iéna, il fallut monter jusqu'au Général de Gaulle pour obtenir le permis de sortie. Le bâtiment qui abrite les collections fut ensuite construit autour de celles-ci, de sorte que chacun des tableaux, des sculptures, des meubles et des tapis ou des objets d'art a sa place bien définie et immuable dans le circuit qui conduit le visiteur de l'ancien Royaume d'Egypte à travers l'antiquité grecque, le Moyen Age, la Renaissance, jusqu'aux écoles de peinture baroque, romantique et impressionniste. Des salles adjacentes contiennent les collections du Moyen-Orient et de l'Extrême-Orient, et dans une petite salle à part sont exposés les bijoux de René Lalique.

Mais selon l'esprit du testament de Gulbenkian, le musée ne pouvait servir que de point de départ pour des activités culturelles qui devaient s'exercer non seulement à Lisbonne, mais dans tout le Portugal. C'est ainsi que furent créés le Service des Expositions et de la Muséographie, le Service des Beaux Arts, le Service des Arts Plastiques et celui d'Histoire de l'Art, d'Archéologie et d'Esthétique. Tantôt séparément, tantôt leur action se recouvrant, ces divers départements organisent dans les trois salles d'exposition conçues dans les bâtiments adjacents au musée, des expositions temporaires et des conférences, dans d'autres salles spécialement aménagées des séminaires, tandis qu'à l'extérieur, dans les musées de Lisbonne ou de province, des expositions sont organisées et financées par la Fondation. Et pour compléter cet éventail des activités d'animation culturelle de la Fondation, celle-ci possède un orchestre, un corps de ballet qui joue ou danse la plupart du temps dans l'auditorium de la Fondation, mais aussi à travers tout le Portugal, dans les agglomérations les plus éloignées.

Le nom de la *Fondation Gulbenkian* est inévitablement associé à la culture ; pourtant environ un tiers seulement de son budget annuel est consacré à celle-ci, alors que plus d'un tiers est voué à des fins pédagogiques. Au Portugal notamment ses activités éducatives sont particulièrement développées, car en dehors des programmes conçus pour tous les niveaux d'études et des nombreuses bourses attribuées par ses soins, en plus des bâtiments scolaires et universitaires construits puis financés avec l'aide de la Fondation ; outre les multiples ouvrages publiés par elle, dont deux revues trimestrielles *Colóquio Artes* et *Colóquio Letras*, il existe les Services des Bibliothèques. Il y a la Bibliothèque de la Fondation même, mais aussi 167 bibliothèques dans les provinces du Portugal et 59 bibliothèques itinérantes qui desservent 4000 villages à travers le pays, apportant aux habitants, en dehors d'un choix de lectures diverses, la possibilité pour certains d'élever leur niveau d'éducation au-delà de celui de l'école primaire.

Selon les statuts de la Fondation, le Conseil d'Administration peut créer des organes de consultation et d'information dans chacune des branches d'activité qui constituent son objet et son but. L'action de l'*Institut Gulbenkian des Sciences*, fondé en 1960, a été primordiale dans le développement scientifique et médical du Portugal, se traduisant par l'achat d'équipements et d'appareillages sophistiqués pour des laboratoires et des hôpitaux, construits parfois, eux aussi, avec l'argent de la Fondation. Un centre d'Etudes de Neuropathologie a été créé, ainsi que des services spécialisés dans les hôpitaux pour l'aide aux cancéreux ; le don d'un microscope électronique a été fait, lui aussi, par la Fondation, à la Faculté de Médecine de Lisbonne, pour ne parler que d'une infime partie de son action dans les domaines de la médecine et de la science, et c'est encore elle qui en 1957 a offert à la ville de Lisbonne le Planétarium Calouste Gulbenkian.

30 % du budget total de la Fondation ont été consacrés au cours de ces dernières années à des activités à l'étranger. Certes, celles-ci ont été en grande partie destinées à diffuser la culture portugaise à travers le monde et en particulier en France, où l'ancienne résidence de Gulbenkian a été transformée en Centre Culturel Portugais et où la Résidence André Gouveia à la Cité Universitaire de Paris loge 1500 professeurs, techniciens, étudiants et artistes portugais. Mais en même temps la Fondation exerce une action humanitaire dans les nouveaux pays de langue portugaise, où elle fait construire des crèches et des jardins d'enfants ainsi que des foyers pour le troisième âge et où elle donne des subventions pour l'éradication de certaines maladies comme le paludisme ou la tuberculose. Elle a contribué aussi à la construction du barrage d'Assouan et au fonds international pour la promotion de la culture à l'UNESCO.

Ces activités à l'étranger sont dirigées par le Service International et le Service pour la Coopération avec les pays africains. Deux autres services distincts gèrent une action spéciale dans les communautés arméniennes et en Grande Bretagne. Calouste Gulbenkian tenait essentiellement à ses origines, et comme il l'écrivit un jour à son neveu Robert Gulbenkian, qui préside aujourd'hui les activités pétrolières de la Fondation au Moyen Orient : « Les circonstances peuvent parfois nous obliger à adopter officiellement une autre nationalité, mais le fond – l'âme qui nous est propre – ne doit pas changer. » Aujourd'hui 2 millions de dollars sont consacrés annuellement à des causes arméniennes.

La décision d'établir une délégation de la Fondation à Londres est un hommage à l'influence de la culture anglaise dans la vie de son fondateur. Des bourses pour des études portugaises sont distribuées, certes, mais la majeure partie de l'action de la délégation londonienne s'exerce dans des domaines purement britanniques : une aile a été construite au *Royal College of Arts* avec les fonds de la Fondation, des subventions données à des artistes tel que David Hockney ou Richard Rodney Bennett au début de leur carrière, et dans la rubrique de l'assistance sociale des dons ont été effectués pour les handicapés et les sourds, d'autres pour les recherches de nouvelles méthodes pédagogiques ou pour l'analyse des concepts de base de la politique nationale d'éducation au Royaume-Uni.

Calouste Gulbenkian n'aimait pas l'art moderne. Georges Wildenstein racontait qu'il lui aurait refusé un certain lot de tableaux avec ces mots : « Les impressionnistes très avancés ne m'intéressent pas ; je reste fidèle aux vieilles traditions plus ou moins classiques ». C'est ainsi que son musée ne comporte aucun objet qui puisse être daté au-delà de 1925. Le Conseil d'Administration de la Fondation décida pourtant que son rôle dans le domaine de la culture au Portugal l'autorisait à offrir au pays un Centre d'Art Moderne. Celui-ci fut installé en juillet 1983 dans les jardins de la Fondation, dans un immeuble totalement séparé du musée. Fidèle aux traditions pédagogiques de la Fondation, le Centre est composé principalement, bien sûr, d'un musée d'art contemporain, mais il comporte en même temps un pavillon destiné à une animation culturelle pour les enfants, et des services de recherche et d'information dans tous les domaines de l'art moderne.

*

Plus de trente ans se sont écoulés depuis la création de la Fondation ; aujourd'hui, presque vingt ans depuis que ses bâtiments ont été inaugurés, un laps de temps suffisamment ample, non pour avoir assez de recul pour porter un jugement définitif, mais au moins pour faire un premier bilan du rôle de la Fondation au Portugal et ailleurs dans le monde.

Les administrateurs gèrent en 1987 un capital qu'on peut évaluer à près d'un milliard de dollars et distribuent un budget qui fut en 1986 de $55,554.000 et pour 1987 de plus de $61,000.000. Quoi de plus logique pour eux que de démontrer que le Portugal se trouve, encore treize ans après la Révolution des Œillets, dans une situation économique préoccupante et que donc l'action multiple de la Fondation y est à la fois significative et en quelque sorte cruciale ? A cela on peut ajouter que celle-ci joue le rôle d'un deuxième Ministère de la Culture, que seuls ceux qui ont visité le cœur du Portugal *des provinces* peuvent être juges de l'étendue de l'œuvre de la Fondation Gulbenkian ; qu'il serait donc difficile pour les administrateurs, portugais dans leur majorité, de ne pas vouloir profiter pleinement du legs qu'ils ont reçu. Comment ceux-ci auraient-ils pu effectivement résister à cette occasion absolument unique de mener une action de grande envergure de philantropie et de pédagogie dans leur propre pays ?

Il est évident que Calouste Gulbenkian était pleinement conscient, au moment de signer son testament, de la signification de son contenu pour la destinée de la Fondation naissante. Qu'il est en plus raisonnable de supputer que la principale préoccupation de Gulbenkian, sinon la seule à la fin de sa vie, étant d'assurer l'avenir de sa collection, il a très probablement jugé en rédigeant son testament qu'une action de philanthropie au Portugal n'était pas ce qu'il y avait de plus important pour lui, mais qu'elle était opportune, étant donné que ce pays lui offrait par ailleurs pour sa Fondation une législation qui lui convenait parfaitement.

Quelle peut donc être cette première appréciation de l'œuvre de la Fondation à ce jour ? Au Portugal même, où se fait l'essentiel de ses activités, son rôle est profondément bénéfique, et correspond sans aucun doute aux intentions de son Fondateur. Et à l'étranger, la réussite de son action est aussi indiscutable – certains vont même jusqu'à y voir l'illustration de la vocation du Portugal à l'universalité, telle que l'exprime tout un courant quasi-messianique dont Pessoa s'est fait l'écho dans *Message* et dans certains de ses écrits en prose. Cette nostalgie de la grande époque portugaise et de son renouveau est à la fois la racine et le message de la culture portugaise, et il n'est pas tout à fait inconcevable que ceux qui gèrent la politique étrangère de la Fondation se sentent en quelque sorte les héritiers spirituels de l'Infant Henri le Navigateur...

Eugénie ANGLÈS.

FERNANDO PESSOA ET LE RÊVE PORTUGAIS

En 1912, au lendemain de la chute de la monarchie et de la proclamation de la République, Fernando Pessoa fait ses débuts dans la revue *A aguia* (L'aigle), organe du mouvement de la « Renaissance portugaise ». Dans son essai sur la nouvelle poésie portugaise, il prophétise la venue d'un grand poète, un « super-Camões », qui redonnera à la civilisation lusitanienne, après une éclipse de quatre siècles, la gloire universelle qui avait été la sienne au temps des Découvertes.

Pessoa, à cette date, a vingt-quatre ans. Personne ne le connaît. Il s'est installé à Lisbonne sept ans plus tôt, après avoir passé son enfance et son adolescence en Afrique du Sud, où il a eu une éducation typiquement anglaise et même, plus précisément, victorienne, avec tout ce que cela comporte de rigueur intellectuelle et morale. C'est en anglais qu'il a écrit ses premiers essais et ses premiers poèmes ; il a failli prendre la nationalité britannique à la fin de ses études. Mais, à son retour, il a redécouvert la langue du Portugal, devenu, dit-il, sa patrie. Il a adhéré à l'idéologie « saudosiste », où se mêlent la tendresse, la nostalgie de la grandeur passée, le sens de la catastrophe et l'espérance messianique d'une rédemption. Tous ces thèmes se retrouvent, vingt-deux ans plus tard, dans *Message*, poème épique et mystique, le seul livre en langue portugaise qu'il ait publié de son vivant.

Il meurt en 1935, dans l'indifférence presque générale, reconnu seulement par les quelques jeunes poètes regroupés autour de la revue *Presença*, qui seront ses éditeurs, ses biographes et ses exégètes. Il avait choisi de vivre obscur, mais, à la manière d'un héros de l'antiquité, il avait passionnément désiré la gloire posthume, à laquelle il a consacré un traité intitulé *Erostrate*. Et il ne séparait pas, dans ses rêves, sa propre gloire de celle de son pays.

Un demi-siècle après, le voici officiellement consacré poète national. Le miracle est que cet intellectuel cosmopolite, poète maudit dont l'œuvre est subjective et cérébrale, a si bien su exprimer l'âme de son peuple que celui-ci a fini par se reconnaître en lui. En 1985, une commission gouvernementale a pris en charge l'organisation des cérémonies commémoratives du cinquantenaire de sa mort. Ses restes ont été transférés au monastère des Jéronimos, près des tombeaux des autres héros du panthéon portugais, Vasco de Gama et Camões. Et le poète national devient aussi, en cette fin de siècle, un auteur universel. Des éditions de ses œuvres paraissent ou sont en préparation un peu partout dans le monde ; et l'on compte aujourd'hui, parmi les meilleurs connaisseurs du poète portugais, des Italiens, des Espagnols, des Allemands, des Américains, un Hollandais et même un Japonais (1).

Ainsi, la prédiction du jeune Pessoa se réalise. Le destin qu'il s'était assigné outre-tombe s'accomplit ; et avec lui, en lui, c'est peut-être aussi, comme il l'avait rêvé, son pays qui retrouve enfin sa vocation et son destin fourvoyés pendant des siècles.

Pessoa, le Portugal et l'Europe

Message s'ouvre sur un « blason » de l'Europe, figurée sous les traits d'une femme au repos, allongée d'est en ouest, un coude posé sur l'Italie, l'autre sur l'Angleterre. Sa chevelure « romantique » lui tombe sur le visage. Au début du poème ses yeux, tournés vers le passé, sont grecs. A la fin, son regard, tourné vers l'avenir, est portugais. Cet avenir est « l'avenir du passé ». L'avenir portugais est « l'occident », comme l'était le passé grec. Cette richesse emblématique traduit la complexité de la vision qu'a Pessoa des rapports entre le Portugal et l'Europe.

En 1915, quand il fondait avec quelques amis la revue *Orpheu*, qui consommait la rupture avec le provincialisme portugais, Pessoa se proposait de créer un art « dénationalisé », conforme au génie de son peuple, qui se définit d'abord par l'aptitude à entrer dans la conscience des autres, à voir par le regard des autres. « Un vrai Portugais n'a jamais été portugais, il a toujours été tout... Pour les autres peuples, se dénationaliser est se perdre. Pour nous, qui ne sommes pas nationaux, se dénationaliser est se trouver ». Devenir européen, pour un Portugais, c'est sortir de soi pour mieux devenir soi. L'Europe est l'entité médiatrice, la personne historique en laquelle le Portugal assure son héritage occidental. « Notre époque est celle où tous les pays existent dans l'Europe. Il suffit de n'importe quel quai européen, même de ce quai d'Alcântara, pour avoir là toute la terre en condensé. Et si j'appelle ceci *européen* et non, par exemple, américain, c'est parce que l'Europe est la *fons* et l'*origo* de ce type de civilisation, la région civilisée qui donne le ton au monde entier » (2).

Mais l'Europe de ce début du XXe siècle est malade, décadente, pervertie, en proie au doute. L'œuvre de Pessoa se situe « à l'au-

---

(1) C'est un Français Armand Guibert, qui a le premier contribué, il y a vingt-cinq ans, à la diffusion de sa gloire dans le monde.

(2) Cité par José Augusto Seabra dans *Le retour des dieux*, recueil des manifestes du modernisme portugais (éd. Champ libre, 1973).

tomne de la civilisation européenne ». Elle décrit la crise d'une culture anémiée, qui a perdu le sens de la grandeur. A peu près à la même époque, Paul Valéry pose lui aussi, dans son essai sur la crise de l'esprit, la « question capitale » : « l'Europe deviendra-t-elle ce qu'elle est en réalité, c'est-à-dire un petit cap du continent asiatique ou bien... restera-t-elle ce qu'elle paraît, c'est-à-dire la partie précieuse de l'univers terrestre, la perle de la sphère, le cerveau d'un vaste corps ? » Sa réponse, Pessoa l'a donnée à l'avance, en 1917, par la voix d'Alvaro de Campos, celui de ses « hétéronymes » qui incarne le futurisme portugais et dont *l'ultimatum* a déjà le ton des pamphlets surréalistes :

« *Ordre de déménagement aux mandarins de l'Europe !*
Dehors !
... L'Europe a soif de création, elle a faim d'Avenir !
... moi, de la race des Navigateurs... je méprise tout ce qui sera moins que de découvrir un Nouveau Monde !
Qui en Europe aujourd'hui sait de quel côté se trouve le nouveau Monde à découvrir ?
Moi,... je me lève devant le soleil qui tombe, et l'ombre de mon mépris devient nuit en vous !
Moi, du moins, je suis capable d'indiquer le Chemin ».

Ce thème de « l'Inde nouvelle » revient à plusieurs reprises dans les écrits de Pessoa à cette époque. Son appel passionné propose à son peuple et aux autres peuples de l'Europe un exemple : celui des navigateurs portugais de l'époque des Découvertes. Il s'inscrit dans une tradition : celle du messianisme portugais, qui exalte le sébastianisme et prophétise l'avènement du Cinquième Empire. Mais, dès le début, et de plus en plus jusqu'à *Message,* le poète, en invoquant la tradition, en change le sens. En donnant comme modèle à son temps « la race des navigateurs », il célèbre leur valeur, mais il n'invite pas ses contemporains à renouveler leurs exploits, devenus des mythes. Dans un texte inédit, il va jusqu'à condamner « l'impérialisme des grandes découvertes », dont il semblait faire l'éloge, et il affirme que le Portugal, pour conquérir le monde, a failli perdre son âme. La nouvelle frontière à explorer, l'Inde nouvelle, le nouveau Nouveau Monde, est d'ordre culturel et spirituel. *Message,* dit Yvette Centeno, « doit être lu comme une tentative pour recouvrer un destin. Après la finitude du monde (la terre, la mer), l'infini de l'âme que le roi Don Sébastien vient personnifier, à la manière d'un nouvel hétéronyme collectif, mythique et mystique » (3).

(3) Yvette Centeno a consacré plusieurs études aux recherches ésotériques de Pessoa, qui s'est intéressé à l'astrologie, à l'alchimie et à l'occultisme.

La mémoire portugaise

Nous avons peine à croire que le Portugal a été, il y a quatre siècles, un pays plus puissant et plus prestigieux que le nôtre, métropole du plus grand empire du monde, qui s'étendait de l'Amérique à l'Océanie. On a oublié qu'en 1494 à Tordesillas, ce premier Yalta, le Portugal et l'Espagne s'étaient partagé la terre, comme l'Angleterre et la France l'ont fait à leur tour au XIXe siècle, les Etats-Unis et l'Union soviétique au XXe. Pendant longtemps les Portugais expatriés n'ont pas été, dans les pays où ils débarquaient, des « immigrés », mais des explorateurs, des missionnaires et des conquérants. La France elle-même faisait appel pour former ses étudiants à de grands professeurs portugais, comme André de Gouveia, que Montaigne considère comme le meilleur proviseur de France (4), ou son frère Diogo de Gouveia, recteur de la Sorbonne.

Le complexe lusitanien qui inspire l'œuvre de Pessoa, comme une bonne part de la littérature et du folklore de son pays, c'est d'abord la mémoire collective de ce passé fabuleux. Fabuleux, au sens propre, car la légende se mêle sans cesse à la réalité pour tisser le destin du peuple portugais. *Message* est une galerie de portraits des héros fondateurs, d'Ulysse à Sébastien. Pourquoi Ulysse ? On raconte qu'il aurait, au cours de sa longue errance, abordé aux rives du Tage. Le caractère mythique de sa venue en ces lieux, et de son existence même, montre à quel point, pour le poète, « la légende... en pénétrant le réel... le féconde ». Au second siècle de notre ère, le berger Viriathe, chef des tribus lusitaniennes révoltées, vainqueur des Romains, est « la lueur qui précède le matin ». Avec lui, on est déjà presque dans l'histoire, et cette histoire est déjà presque celle du Portugal.

Le contenu historique et mythique de *Message* renvoie aux *Lusiades,* l'épopée (5) où Camões chante les *Gesta Dei per Lusos.* Selon le procédé du retour en arrière utilisé chez Homère et Virgile, Vasco de Gama, accueilli par le roi de Mélinde (6), raconte les exploits des rois, des princes et des héros portugais depuis les origines. Le troisième chant des *Lusiades* évoque les prémices de la grandeur portugaise sous la dynastie de Bourgogne, du XIIe au XIVe siècles, le quatrième chant décrit son apogée sous la dynastie d'Aviz, au XVe et au XVIe siècles.

---

(4) *Essais,* I, 26, De l'institution des enfants.
(5) Traduite en français par Roger Bismut (Belles-Lettres).
(6) Ville de la côte est de l'Afrique, près de Mombassa.

« Tout commencement est involontaire », dit Pessoa. Henri de Bourgogne, prince capétien né à Dijon, devenu comte du Portugal par son mariage avec la fille du roi de Castille en 1095, est l'instrument inconscient du dessein de Dieu. Son fils Alphonse-Henriques, vainqueur des Maures, est proclamé roi en 1139. Il fait reconnaître par le roi d'Espagne l'indépendance du Portugal, qui ne comprend plus seulement la région de Porto mais s'étend désormais au Sud jusqu'à Lisbonne, et, au-delà du Tage, jusqu'à Evora et Béja. Ce recentrage est, si l'on en croit le philosophe Agostinho da Silva, l'événement qui infléchit le destin du pays. Si le Portugal originel, celui du nord, est foncièrement continental, tourné vers la Galice sœur et la Castille ennemie, le Portugal qui s'est constitué au sud est tourné vers le grand large. C'est l'arrière-petit-fils d'Alphonse-Henriques, Denis, administrateur et poète, qui pendant un demi-siècle de règne établit les bases de la grandeur future en assignant définitivement au royaume sa vocation maritime. « Planteur de navires à venir », il couvre le pays de forêts de pins dont le bruissement dans le vent est « le cri de la terre qui désire la mer ».

La dynastie de Bourgogne s'éteint en 1383 à la mort de Fernand Ier et, après un interrègne, le jeune prince Jean, fils bâtard de Pierre Ier (l'époux morganatique d'Inès de Castro, la « reine morte ») et grand-maître de l'ordre d'Aviz, se fait proclamer roi à Coïmbra. Secondé par un général de 24 ans, le connétable Nuno Alvares Pereira, il écrase à Aljubarrota, le 14 août 1385, l'armée du roi d'Espagne, qui doit reconnaître une nouvelle fois l'indépendance du Portugal. Peu après, il épouse l'anglaise Philippa de Lancastre, petite-fille du roi Edouard III (dont le souvenir est lié pour nous à la bataille de Crécy et aux bourgeois de Calais).

Aljubarrota, dit l'historien Oliveira Martins, marque pour le Portugal la fin du Moyen Age. « De nouveaux horizons, de vastes ambitions, des pensées inconscientes sur un immense avenir mûrissent en secret au sein de la nation déjà formée, baptisée de son sang. Une séduction incertaine l'appelle de loin : la Mer ! » (7) Jean Ier, son capitaine Nuno Alvares, sa femme Philippa et quatre de leurs onze enfants, les princes Edouard, Pierre, Henri et Fernand, sont les figures les plus connues de cette légende dorée qu'est l'histoire du XVe siècle portugais. Jean, chef militaire et religieux devenu roi, symbolise, dans *Message*, le moment où le spirituel s'unit au temporel pour faire l'histoire. Nuno Alvares, chef de guerre et saint homme, après avoir, comme dans les

(7) Cité par André RAIBAUD dans sa *Petite histoire du Portugal* (1964).

contes, marié sa fille unique au fils du roi, le duc de Bragance, renonce à tous les honneurs pour se faire simple moine. La reine Philippa, qui « n'a conçu que des génies », est la « princesse du Saint Graal ». Edouard (Duarte), futur roi, écrivain de talent, Pierre, lui aussi prince intellectuel, aussi vertueux que savant, leur frère Fernand, surnommé le saint, mort en captivité à Tanger, consumé par « la fièvre d'Au-delà », complètent le tableau édifiant de cette famille royale d'exception.

L'autre frère, l'infant Henri le Navigateur, moins lettré que Pierre ou Edouard, moins religieux que Fernand, est pourtant celui qui a le plus marqué son temps. De son camp, sorte de Cap Canaveral de l'exploration maritime, installé sur le promontoire de Sagres, à la pointe extrême de l'Europe, entouré d'un état-major d'astronomes, de cartographes, de mathématiciens et de marins, il lance, à partir de 1418, les caravelles portugaises à la découverte du monde. En 1434, Gil Eanes double le cap Bojador, au Sahara occidental. A la mort d'Henri, en 1460, toute la côte ouest de l'Afrique a été reconnue. Il a fait le projet d'une expédition aux Indes et il a obtenu du pape le monopole de l'exploitation des richesses de ce pays. Il est l'homme qui rêve ce que Dieu veut, dit Pessoa. C'est en lui que le peuple portugais a la révélation de son être. Le chef d'œuvre de la peinture portugaise, le *Polyptyque de Saint Vincent* du Musée de Lisbonne, peint vers 1450 par Nuno Gonçalves, représente Henri au milieu de ce peuple dont il incarne les vertus.

Ce qu'Henri a rêvé, Jean II, surnommé le prince parfait, puis Manuel Ier vont le réaliser. En 1484 Diogo Caõ parvient en Afrique équatoriale. En 1487, Alphonse Paiva et Pero de Covilhã partent ensemble par voie de terre et se séparent à Aden pour atteindre, l'un l'Ethiopie, l'autre l'Inde, puis la côte est de l'Afrique. En 1488, Bartolomeu Dias passe le cap de Bonne Espérance. Les Portugais s'installent en Angola, en Guinée, au Cap Vert, au Mozambique.

Dans cette fièvre de découvertes et de conquêtes, Jean II a tout de même laissé passer une chance.

Christophe Colomb, qui réside au Portugal, lui a proposé d'aller aux Indes par l'Ouest. Le roi, mal conseillé, préoccupé à l'époque par ses projets africains, a refusé. Mais dès le début du règne de Manuel Ier, le 8 juillet 1497, une flotte quitte Lisbonne sous le commandement de l'amiral Vasco de Gama pour découvrir le chemin maritime des Indes par l'Est. Après avoir contourné l'Afrique, Vasco de Gama arrive le 20 mai 1498 à Calicut, sur la côte de Malabar. De 1500 à 1515 les Portugais occupent l'Inde. Le vice-roi, Alphonse d'Albuquerque installe sa capitale à Goa. En

1500, Pedro Alvares Cabral a découvert le Brésil. En 1514 une mission commerciale est envoyée en Chine ; une autre ira en 1544 au Japon ; Macao sera fondée en 1554. Les Portugais occupent la Malaisie, explorent l'Insulinde et l'Océanie et s'installent à Timor. En 1519, Magellan, parti pour chercher un passage vers les Indes par l'Ouest, double l'Amérique du Sud par le détroit qui porte son nom et débouche sur l'océan qu'il appelle Pacifique. Il meurt aux Philippines, mais quelques-uns de ses compagnons rescapés terminent le premier de tous les voyages autour du monde, qui aura duré trois ans.

L'OCÉAN PORTUGAIS

Ainsi les navigateurs envoyés par Henri, Jean et Manuel ont-ils parcouru « l'immense et possible océan ». A « la mer finie » qui était , dit Pessoa, grecque et romaine, ils ont ajouté « la mer infinie » qui est portugaise. Pourquoi ces expéditions et ces conquêtes ? La soif de l'or ou l'attrait des épices n'explique pas tout. « Cela en valut-il la peine ? » Tout vaut la peine, répond Pessoa, « si l'âme n'est pas mesquine ». André Breton dira dans le manifeste du surréalisme, pour justifier la folie, qu'il fallait être fou pour partir vers l'inconnu sur une caravelle, comme l'ont fait Colomb, Magellan et leurs équipages. Ils affrontaient l'exil, la faim, la soif, des souffrances de toutes sortes. Pessoa cite à leur propos la devise des Argonautes : « Vivre n'est pas indispensable ; ce qui est indispensable, c'est de naviguer ». L'aventure n'a pas d'autre objet qu'elle-même. Elle est « la quête de ce que nous sommes, dans l'éloignement de nous-mêmes ». Ce que les navigateurs vont découvrir, c'est leur vérité personnelle et leur vérité nationale, à l'horizon de leur désir. L'historien Jorge Dias a défini le Portugais comme « un rêveur actif ». Le poète Teixeira de Pascoaes voit en lui un mystique de la terre, qui veut « pénétrer dans les régions interdites du mystère ».

Les Portugais ne se sont pas voulus des *conquistadors*, comme leurs frères ennemis d'Espagne. Les hauts faits qu'ils relatent le plus volontiers ne sont pas les épisodes guerriers, mais les voyages. Le style de gouvernement d'Albuquerque est bien différent de celui de Cortes ou de Pizarro. Humanistes et diplomates, les Portugais, au lieu de massacrer les indigènes, préfèrent épouser leurs filles. La sensualité érotique est aussi un trait de caractère national, comme en témoigne, au neuvième chant des *Lusiades*, l'étonnant épisode de l'île des amours, oú l'on voit Vénus organiser avec ses jolies nymphes court-vêtues le repos des guerriers portugais fatigués. La libido a joué un rôle dans la colonisation en favorisant la création de sociétés multiraciales. Albuquerque encourage systématiquement le métissage, dans le dessein de former une « race » luso-indienne. Sous la domination portugaise, à cette époque-là, les colonisés conservent leurs terres, leurs biens, leurs coutumes et, jusqu'à l'arrivée des jésuites, leurs dieux.

On préfère encore aujourd'hui, au Portugal, le mot de découverte à celui de conquête, et l'on parle d'outre-mer plutôt que de colonies. Il n'en est pas moins vrai que si les Portugais ont été d'abord des navigateurs, ils ont été aussi, par la force des choses, des soldats, des administrateurs, des missionnaires et, surtout, des marchands, parfois même des marchands d'esclaves. La geste héroïque que relate Camões n'est pas toute la vérité : il faut y ajouter les moins beaux côtés de la conquête, tels que les relate le chroniqueur Fernand Mendes Pinto. Le commerce est rapidement devenu pour beaucoup de conquérants une fin en soi. Camões médite amèrement, à la fin du huitième chant des *Lusiades,* sur le rôle que joue « le métal blond et brillant ».

Albuquerque a organisé sur une grande échelle le trafic entre l'Occident et l'Orient. De son temps, sous le règne de Manuel, Lisbonne est devenu le plus grand marché du monde, Oliveira Martins le décrit ainsi : « Toutes les marchandises de l'Europe et les produits du royaume, le vin, l'huile, les étoffes, venaient à Lisbonne pour être transportés en Orient. Mais la curiosité était surtout excitée par les articles précieux que les navires apportaient constamment des Indes. En dehors du poivre de Malacca et du riz venaient les épices : le clou de girofle des Moluques, le gingembre, la canelle. Puis les marchandises de plus grande valeur : l'ivoire de Guinée, les soies de Chine, les tapis de Perse, les linons du Bengale, l'ébène, le camphre, la laque, la cire, le musc, les porcelaines curieusement peintes de vives couleurs sur une pâte légère et transparente... Sumatra envoyait l'or et l'argent, le Japon des perles, l'Inde des diamants ». Un autre historien, Newton de Macedo, ajoute : « Toute la nation, éblouie par l'or de l'Orient, vit maintenant les yeux fixés sur l'océan d'où les navires affluent chargés de richesses... La cour, dans un déplacement symbolique, installe le palais royal au bord du fleuve... »

La chance du Portugal est d'avoir eu au XVIe siècle, en même temps que de grands rois et d'intrépides marins, un grand poète pour chanter leurs exploits et un art original pour en perpétuer le souvenir dans la pierre. Le poème de Camões est une *Iliade* maritime. L'art manuélin, avec tous ses motifs empruntés à la navigation et à l'Orient, est le produit de l'illustration des découvertes. Le décor manuélin est fait de chaînes d'ancres, de câbles et de voiles. Non seulement la Tour de Belem, qui veille sur l'estuaire du Tage, ou le monastère de Jéronimos, qui en est tout proche, mais même Batalha et Tomar, loin à l'intérieur des terres, évoquent la mer dont l'omniprésence symbolise elle-même la vocation du Portugal à l'universalité ».

« A L'ORIENT DE L'ORIENT »

Il faut faire un sort particulier, dans la géographie et l'histoire du monde lusitanien, à l'extrême-orient, avec lequel l'imaginaire portugais a toujours eu un rapport original. Alors qu'en Afrique le colonialisme portugais a fini par être aussi brutal, exploiteur, mercantiliste et esclavagiste que les autres, et qu'au Brésil comme en Inde l'accent a plutôt été mis sur le métissage racial et culturel, la présence portugaise en Chine et au Japon a eu un tout autre caractère. Peu de possessions, mais beaucoup d'échanges, de contacts, de fascination réciproque. Sans avoir réussi ni à s'implanter durablement en Chine continentale ou au Japon, ni à christianiser ces pays, les Portugais les ont profondément influencés ; et ils ont en retour beaucoup appris d'eux. L'« empire » portugais d'extrême-orient est, déjà à l'époque classique, un empire des rêves. A plus forte raison plus tard, quand, après l'expulsion des Portugais du Japon en 1636, le seul point d'appui qui leur reste à l'est du continent est Macao. La suppression en 1812 de l'Inquisition qui, de Goa, terrorisait tout l'Orient, achève de libérer leur imagination.

Les noms qui, dans la mémoire collective, sont liés à la présence portugaise en Afrique et en Amérique du Sud sont ceux de marins, de soldats et d'administrateurs. En Chine et au Japon, c'est celui d'un prêtre, Saint François Xavier et ceux de plusieurs poètes. Le premier est Camões lui-même, qui aurait vécu vers 1558 à Macao, où il aurait exercé les fonctions de « liquidateur des successions » (8). Au chant final des *Lusiades*, dans la scène où Théthys, qui a accueilli Vasco dans l'île des amours, le conduit au sommet d'une montagne d'où il peut voir la sphère qui figure le système du monde et y découvrir les exploits futurs des héros portugais, c'est sur le ton de l'émerveillement que le poète évoque, à l'est de l'Asie, les terres qui se cachent encore aux regards des occidentaux et les îles « infinies » où « la nature a voulu plus qu'ailleurs se magnifier ».

---

(8) La réalité du séjour de Camoẽs à Macao est contestée par certains historiens.

Le séjour de Camões a été bref, mais c'est là (dans une grotte au bord de la mer, dit-on) qu'il a écrit l'essentiel des *Lusiades.* Son compatriote et contemporain Fernand Mendes Pinto a, lui, très longuement vagabondé dans tout l'orient et sa *Pérégrination* est, comme on l'a vu, la contrepartie prosaïque et satirique de la geste héroïque. Mendes Pinto est le premier d'une série d'intellectuels portugais qui refusent la conception prédatrice de l'expansion maritime et s'intéressent aux pays où ils vivent pour eux-mêmes, et non pour les richesses ou la gloire qu'on peut en rapporter.

Trois siècles après Camões et Mendes Pinto, deux poètes portugais, cédant à la fascination de l'extrême-orient, à peu près au même moment que Victor Segalen, choisissent de s'y installer définitivement, non en colons, mais en adeptes (au sens initiatique) et en amoureux (parce que, surtout dans l'un des deux cas, la femme est le lien privilégié avec la terre). Camilo Pessanha, le plus célèbre poète symboliste portugais, que Pessoa saluera comme son maître, a vécu à Macao, s'y est marié, y a écrit son œuvre et y est mort en 1926. Il y rencontre, en 1895, Wenceslau de Moraes, ancien officier de marine, qui lui aussi a épousé une Chinoise et en a eu deux enfants. Mais la quête d'un orient extrême est si forte chez Moraes qu'il quitte sa nouvelle patrie et sa famile pour aller se fixer au Japon, d'abord à Kobé, au sud, où il épouse une jeune japonaise, O-Yoné, puis après la mort de sa compagne, à Tokushima, où il vit avec la très jeune nièce d'O-Yoné, Ko-Haru, qui meurt à son tour de tuberculose. Opiomane (9), il passe ses dernières années dans une solitude hallucinée, près des tombeaux des ses compagnes, jusqu'à sa propre mort en 1929.

En 1986, un film somptueux du cinéaste portugais Paulo Rocha, tourné au Japon, évoque cette vie d'un occidental devenu authentiquement oriental ; sans pourtant cesser d'être un poète portugais. Son titre, *L'île des amours,* se réfère évidemment à l'épisode des *Lusiades.* Le réalisateur a montré comment le choix de son sujet (« un rêve impossible et dangereux ») et les conditions de sa réalisation (« le tournage eut lieu dans une atmosphère magique ») traduisent ce qu'il y a d'excessif et de paradoxal dans le rêve portugais, jusqu'à la folie.

---

(9) L'expression « un orient à l'orient de l'orient » est tirée d'un poème de Pessoa-Campos, qui désigne ainsi l'opium.

SÉBASTIEN ET LE SÉBASTIANISME

Les Portugais datent avec précision la fin de leur siècle d'or et le début de la décadence : c'est la journée du 4 août 1578 qui partage ainsi leur histoire en deux. Ce jour-là, le jeune roi Sébastien Ier est tué au combat contre les Marocains à Alkacer Kibir ; son corps ne sera pas retrouvé. Son armée est détruite. Il n'avait pas d'héritier et sa disparition entraîne une crise de régime, puis, après un interrègne de trois ans, la fin de la dynastie d'Aviz et l'annexion du Portugal à l'Espagne. La domination espagnole ne durera que soixante ans mais rien, même après la « restauration » de 1640, ne sera jamais plus comme avant.

Dom Sébastien, le roi vierge, le roi chevalier, chimérique, religieux et belliqueux, téméraire et exalté, est le héros du rêve portugais et la figure centrale de *Message*. Il fait penser à Louis II de Bavière, mais avec le goût de la violence, qui seule peut apaiser son angoisse. Il aime chasser, dompter les chevaux sauvages, affronter la tempête dans une barque. Il ne fréquente que des garçons de son âge qui lui ressemblent. Les courtisans et les grands personnages du royaume pensent qu'il est fou. Lui, il les trouve lâches et le leur dit.

Roi à trois ans, il gouverne à quatorze ans. Il ne s'intéresse qu'à ses projets d'expéditions lointaines. Il rêve de conquérir la Palestine. Il ne suit aucun avis, ne réunit aucun conseil, ignore le peuple et ruine le pays pour lever une armée. Quand le sultan du Maroc, détrôné par son oncle, lui demande son aide, il saisit aussitôt ce prétexte pour envahir l'Afrique du Nord avec 25.000 hommes, embarqués sur près de mille vaisseaux. Mais il suffit aux Arabes de quatre heures de combat pour mettre son armée en déroute.

Voilà donc l'enfant-roi (10), dont, dès le XVIe siècle, le peuple portugais va faire un mythe qui, célébré pendant quatre cents ans par les poètes, est encore vivant aujourd'hui. La nuit même qui a suivi sa disparition, des témoins affirment l'avoir vu vivant, enveloppé dans un manteau et le chapeau rabattu sur les yeux. Dans les années qui suivent, plusieurs imposteurs essaieront de se faire passer pour lui. La légende se forme dès la fin du siècle ; Sébastien n'est pas mort, il a été mystérieusement sauvé et transporté dans les *îles fortunées*, où il attend le moment du retour. Il réapparaîtra

---

(10) Sébastien est mort à 33 ans, mais l'imagination populaire se le représente comme un enfant.

à Lisbonne un jour de brouillard, dans l'estuaire du Tage, pour accomplir le destin portugais interrompu (11).

Le mythe du *Roi caché*, qui ressemble à celui du douzième Imam du chiisme, est aussi une figure de la parousie. « Je me suis rêvé Dieu... et c'est en Lui que je reviendrai », fait dire Pessoa au roi Sébastien. Le poète renouvelle le mythe par le symbolisme de la Fraternité la Rose-Croix, dont il se dit adepte. Sur « la croix morte du monde », le Désiré apportera « la Vie, qui est la Rose ». Le brouillard, l'état de « ni paix ni guerre », est la nuit obscure de l'histoire nationale comme de l'âme personnelle, qui précède l'instant d'éveil.

Pessoa distingue, dans l'histoire de son pays, trois types d'hommes. Le premier, « aussi ancien que la nation » et qui constitue le « fonds » du peuple, c'est le portugais de base, d'origine paysanne, « obscur et modeste », peuple de travailleurs dont tous ceux qui l'ont connu, en métropole ou dans l'émigration, peuvent apprécier encore aujourd'hui, les vertus foncières ; mais ce pays réel a été ignoré ou méprisé par tous les régimes qui se sont succédé depuis 1578. Le deuxième, c'est le bourgeois cosmopolite, plus parisien que portugais, dont le modèle date du temps du marquis de Pombal ; c'est lui qui forme la classe dirigeante mais il conduit les affaires avec une mentalité étrangère, sans contact avec le peuple. Le troisième est l'aventurier portugais qui apparaît au XIVe siècle, quand la nation est déjà constituée, pour jeter les bases de l'Empire. C'est lui qui a découvert le monde et créé la « civilisation transocéane moderne ». Ce type de portugais a disparu à Alkacer-Kibir, mais « il a laissé derrière lui une famille qui, depuis, vit dans l'attente de son retour ». Ce que Pessoa attend de Sébastien, c'est qu'il vienne réveiller le peuple portugais de son oubli de soi, lui redonner l'ambition qui a été la sienne, réactiver son rêve de grandeur, embraser le sentiment de sa mission surnaturelle.

« *Quand viendras-tu, ô Roi caché,*
Songe des siècles portugais,
Faire de mon espérance amour ? »

La nostalgie portugaise

Le rêve portugais est à la fois dépressif et dynamique. Le

---

(11) La bibliographie des études portugaises consacrées au sébastianisme comprend plusieurs centaines de titres.

sébastianisme est une nostalgie et une espérance. La nostalgie portugaise, c'est ce sentiment *sui generis* qu'exprime le mot *saudade*, que ses connotations rendent intraduisible, et qui est le thème d'une grande partie de la poésie et du folklore. Amalia Rodrigues a popularisé en France le *fado*, la chanson nationale dont le nom vient du *fatum*, la destinée. La poignante tristesse du *fado* traduit bien l'essence de la *sausade*. C'est l'attachement à ce qui a été et qui n'est plus, mais aussi à ce qui aurait pu être et qui n'a pas été. C'est le sentiment de l'échec absolu et de l'absence de tout. D'où vient-il ? Le critique Théophile Braga l'expliquait par l'origine celte des Portugais. Unamuno donne l'âme portugaise pour modèle du « sentiment tragique de la vie » qu'il a décrit. Mais ce n'est sans doute pas tout à fait vrai. En littérature, le portugais a plutôt la tête épique et lyrique ; il n'est guère tragique. Au XVIIIe siècle, le roi Edouard notait déjà que la *saudade* est un mélange de tristesse et de joie. Le poète Teixeira de Pascoaes dit qu'elle est « tournée d'un côté vers le passé, de l'autre vers l'avenir », et qu'elle est simultanément « regret et désir, mélancolie et détermination à l'action ». Il définit une *Weltanschauung* portugaise ou luso-galicienne, liée à « un mode de pensée à vocation universelle » et au « sentiment de la solitude radicale de l'homme ». Le Portugais a le complexe de Deucalion, seul sur les ruines du monde ancien, avec la mission de susciter un monde nouveau. Pessoa se demande « quel Portugais authentique serait capable de vivre à l'étroit dans une seule personnalité, une seule nation, une seule foi ». Et il propose pour la vie nationale la formule qu'il a lui-même appliquée pour sa création poétique : devenir pluriel. « Etre tout de toutes les manières, parce qu'il ne peut pas y avoir de vérité s'il manque encore quelque chose ».

Dès le XVIe siècle Camões, qui vit sous le règne de Sébastien, à qui il a dédié son poème, décrit, à la fin du dernier chant, les signes précurseurs de la décadence de sa patrie.

> « *J'ignore par quelle néfaste influence du Destin*
> *Elle a perdu le brillant orgueil, cet enthousiasme*
> *Qui incite les âmes à opposer sans cesse*
> *A toutes épreuves un front joyeux...* »

Il encourage Sébastien, celui de l'histoire, qui n'est pas encore devenu une figure mythique, à poursuivre son règne dans la voie qu'il avait choisie, celle de la grandeur nationale :

« Fais en sorte, Seigneur, que jamais les peuples qu'on admire,
Allemands, Français, Italiens et Anglais,
Ne puissent dire que les Portugais
Sont faits pour obéir plus que pour commander ».

Et il lui prédit, par la vertu de son chant, la renommée d'un Alexandre « qui n'aura rien à envier à l'heureux destin d'Achille ». Ainsi, sans le savoir, le poète qui a été le témoin de la période la plus glorieuse de l'histoire de son pays en prophétise à la fois la fin prévisible et l'improbable recommencement.

L'histoire du Portugal depuis quatre siècles a confirmé ce constat de décadence et renforcé l'espoir un peu fou d'une renaissance miraculeuse. Il y aura encore de grands moments et quelques grandes figures, comme le brutal et efficace marquis de Pombal, premier ministre de Joseph Ier, qui reconstruit Lisbonne après le tremblement de terre de 1755 et en fait la capitale de l'architecture des « lumières ». Le commerce avec l'Angleterre est florissant au XVIIIe siècle. On découvre au Brésil des mines d'or et de diamants. La colonisation portugaise continuera à se consolider et à s'étendre au XIXe siècle. Mais le charme est depuis longtemps rompu.

Le début du XIXe siècle est une suite d'échecs et de malheurs. Pillé par ses ennemis français, puis par ses amis anglais, le pays s'appauvrit. La dynastie de Bragance a perdu son prestige. En 1807, pour échapper à l'invasion française et aux représailles anglaises, le prince régent, le futur Jean VI, s'exile au Brésil avec sa mère, la reine Marie, devenue folle. Il ne revient que quatorze ans plus tard, après la révolution de 1820 qui met fin à l'occupation anglaise. Il laisse à Rio son fils Pierre, qui devient empereur du Brésil quand l'ancienne colonie proclame unilatéralement son indépendance en 1822. L'empire portugais est amputé de son membre le plus important. Et le plus remarquable de tous les souverains portugais du XIXe siècle, l'empereur Pierre II, qu'on a appelé le prince philosophe, n'appartient pas à l'histoire du Portugal, bien que son père, son oncle, sa sœur et ses neveux y aient successivement régné jusqu'à la fin de la monarchie.

A l'avènement de Michel Ier en 1828, le pays entre dans une ère de troubles qui ne se terminera guère qu'avec la dictature de Salazar. Il est déchiré d'abord entre partisans de la monarchie absolue et libéraux, puis, sous le règne de Marie II, entre défenseurs et adversaires de la Charte, ensuite entre républicains et monarchistes. Insurrections, coups d'Etat, assassinats politiques se multiplient. Le roi Pierre V, jeune comme Sébastien, mais sage et cultivé comme son homonyme du XVIe siècle, et sur qui l'on fondait de grands espoirs, meurt en 1861 dans des circonstances suspectes. Le Portugal subit la pression de l'Angleterre, qui le considère toujours comme un pays sous influence ; l'*ultimatum* anglais de 1890, qui bloque l'expansion portugaise en Afrique, crée un profond malaise et achève de déconsidérer la monarchie. Le roi Charles est assassiné en 1908, la République proclamée en 1910.

A ce pourrissement progressif de la vie publique répond dans la vie culturelle un désenchantement grandissant. Les intellectuels, de plus en plus critiques à l'égard de leur pays, ont le sentiment de vivre dans l'exil intérieur. La mode est à l'anglomanie ou à la francophonie. La vie authentique est à Paris, à Londres ; Lisbonne n'est qu'un décor, où ne brille qu'un pâle reflet de la civilisation : et bien qu'elle ne soit qu'une « mesquine ville de province », la capitale fait paraître le reste du pays, par comparaison, encore plus barbare. Les Portugais sont « la plus misérable race de l'Europe », dit l'un des personnages des *Maias*, le roman d'Eça de Queiros, chronique d'une famille portugaise de l'époque de la décadence. Les Portugais cultivés ont pour leur pays cette sorte de passion jalouse qui a toutes les apparences de la haine. Ils investissent leur orgueil national dans le passé lointain de leur pays ou dans son avenir également lointain, mais ils méprisent le Portugal de leur temps.

Eça de Queiros appartient, comme le poète Antero de Quental et l'historien Oliveira Martins, à la brillante « génération de 1870 », qui débute par l'apologie du réalisme, du socialisme et du scientisme, en réaction contre le romantisme, pour aboutir quinze ans plus tard au mouvement des « vaincus de la vie ». Antero de Quental, auteur d'un essai sur les *Causes de la décadence des peuples de la péninsule*, se suicide en 1891. Le jeune poète Antonio Nobre publie en 1890 un recueil intitulé *Seul*, bréviaire de la mélancolie portugaise. Un autre poète, Guerra Junqueiro, publie la même année son livre au titre provocant, *Finis patriae*. Eça de Queiros lui-même, dans son exil professionnel (il est consul du Portugal à Bristol, puis à Paris), décrit à travers ses personnages et notamment l'un d'eux, Ega, ami du héros des Maias, les sentiments ambigus qu'il éprouve pour son malheureux pays. Ega, c'est la mauvaise conscience portugaise, qui s'exprime avec une verve ironique (à la française), un humour froid (à la manière anglaise) ou une délectation morose (dans le style portugais).

En 1872, à Rome, un jeune artiste portugais, Soares Dos Reis, sculptait une statue qu'il appelait *l'Exilé*, où l'historien d'art José-

Augusto França voit « le portrait imaginaire de tous ceux qui, loin de leur patrie, tournent vers elle un regard où la nostalgie devient angoisse, où l'espérance est sans espoir car elle se fixe non sur l'avenir mais sur le passé, à travers la vacuité du temps ». França ajoute : « C'est le sens même de la *saudade* ».

Pessoa, à ses débuts, recueille tout cet héritage. Il fait dire à Alvaro de Campos :

> « *J'appartiens à un type de portugais*
> *Qui, depuis qu'ils ont découvert l'Inde,*
> *N'ont plus rien eu à faire* ».

Il écrit lui-même dans *Message*, comme conclusion à la longue histoire de la grandeur et de la décadence de son pays :

> « *Il nous reste aujourd'hui, dans le silence hostile,*
> *La mer universelle et la nostalgie* ».

Et dans l'un des sonnets du *Chemin de croix*, qui date de 1914, évoquant le dernier regard de Boabdil sur Grenade, il identifie sa nostalgie personnelle à celle de sa patrie :

> « *Je suis aujourd'hui la nostalgie impériale*
> *De ce que je vis déjà dans l'éloignement de moi...*
> *Je suis moi-même ce que j'ai perdu...*
>
> *Et sur cette route vers le Différent*
> *Fleurissent en une svelte gloire marginale*
> *Les tournesols de l'empire qui mourut en moi...* »

Le cinquième empire

Dans une interview accordée en 1923 à la *Revue portugaise*, Pessoa, à la question « quel est l'avenir du Portugal ? », répond : « le cinquième Empire ». Cela veut dire, précise-t-il, que les Portugais alors « seront *tout* ». Il explique que le destin du Portugal, passe par trois phases : celle de la puissance temporelle, qui a culminé sous le règne de Manuel Ier ; celle de l'inaction *(otium)* et de la décadence, dont « l'apogée » est le règne de Jean V au XVIIIe siècle. La dernière phase sera celle du pouvoir intellectuel et spirituel sur le monde.

Avant même le règne de Sébastien, l'idée de la venue d'un Perceval lusitanien était apparue. A peu près à la même époque que Nostradamus, un cordonnier de village illettré, Bandarra, avait prophétisé, en quatrains de style populaire, la renaissance portugaise :

« *Quand on aura absolument*
Perdu toute espérance
Le Portugal trouvera le salut
Dans la venue du Roi caché. »

Bandarra est mort en 1545, avant la naissance de Sébastien. Ses prédictions montrent bien que le mythe a son origine dans une foi très ancienne en un salut national, dû à la venue d'un homme providentiel qui, dans l'ombre, attend son heure. Cette foi a sans doute elle-même des racines encore plus lointaines dans les traditions celtique, juive et chrétienne (12). Elle est restée vivante pendant des siècles dans l'inconscient collectif portugais, avant de s'exprimer avec une force incomparable, au XVIIe siècle, dans l'œuvre étrange du Père Antonio Vieira, qui est l'une des principales références du *Message* de Pessoa.

Antonio Vieira (1608-1697) est un jésuite, qui a passé une grande partie de sa vie au Brésil. C'est le plus illustre orateur sacré de son temps ; et les Portugais le considèrent encore aujourd'hui comme leur plus grand prosateur. Pessoa a raconté comment sa vocation d'écrivain portugais lui était venue à la lecture d'un sermon de Vieira. Il le salue, dans *Message*, du titre d'« empereur de la langue portugaise ».

Caractère original et esprit hétérodoxe, le Père Vieira a été persécuté par l'Inquisition. Avec son style baroque et son imagination délirante, qui contraste avec un ton souvent pompeux, il fait penser à un Bossuet mâtiné de Léon Bloy, de Huysmans ou de Borges. Le titre même de son chef-d'œuvre inachevé et posthume, *Histoire de l'avenir*, montre bien son goût du paradoxe. « Les autres histoires racontent les événements passés, celle-ci se propose de dire ceux qui sont à venir... Les autres écrivains ont fait l'histoire d'hier pour les lecteurs de demain, j'écris celle de demain pour les lecteurs d'aujourd'hui... L'histoire la plus ancienne part du commencement du monde ; la plus moderne s'arrête à l'époque où elle a été écrite. Celle-ci part de l'époque où elle a été écrite et elle ne s'arrêtera qu'à la fin du monde... Le temps, comme la terre, a deux hémisphères : l'un supérieur et visible, qui est le passé, l'autre inférieur et invisible, qui est l'avenir. Au milieu de l'un et de l'autre hémisphère se trouvent les horizons du temps, qui sont ces ins-

(12) On n'a peut-être pas encore mesuré l'importance du rôle joué par les « nouveaux chrétiens » (juifs convertis) dans la colonisation portugaise et l'élaboration d'une idéologie universaliste.

tants du présent que nous sommes en train de vivre, où le passé se termine et où l'avenir commence. C'est à ce point que débute mon *Histoire*, qui nous découvrira les nouvelles régions et les nouveaux habitants de ce second hémisphère du temps, qui sont aux antipodes du passé... » (13).

Le mythe du Cinquième Empire, qu'expose Vieira, se fonde sur le récit du songe de Nabuchodonosor, dans le Livre de Daniel. Le roi a vu en rêve une immense statue dont la tête était d'or, la poitrine d'argent, le ventre de bronze, les pieds de fer et d'argile. Tout à coup une pierre est venue frapper la statue sur ses pieds de fer et d'argile et les a broyés. « Alors ont été broyés en même temps le fer, l'argile, le bronze, l'argent et l'or... Quant à la pierre qui avait frappé la statue, elle est devenue une haute montagne qui a recouvert toute la terre ». Daniel interprète le songe : la tête d'or est Nabuchodonosor lui-même, qui règne sur l'empire de Babylone. Les autres parties de la statue sont les trois autres empires qui se succèderont après le sien et qui, eux aussi, seront détruits. La pierre qui se transforme en montagne et recouvre toute la terre est le cinquième empire, l'empire du monde qui, lui, n'aura pas de fin.

Selon l'exégèse biblique traditionnelle, les trois empires intermédiaires sont ceux des Mèdes, des Perses et des Grecs ; le cinquième est le royaume de Dieu. Pour la tradition messianique médiévale, à laquelle se rattache Vieira, si le premier des empires est toujours celui de Babylone, le deuxième est celui des Perses, le troisième celui des Grecs et le quatrième est l'empire romain (qui, dans la pensée du jésuite portugais, embrasse à la fois la Rome antique, la Papauté et le Saint Empire Romain Germanique). Le cinquième Empire est celui de l'Evangile éternel, qu'inaugurent la seconde incarnation et la seconde pentecôte. Ce royaume est bien de ce monde : il est indissolublement, dit Vieira, éternel et temporel, spirituel et charnel. Le Christ le gouverne par personnes interposées : son chef spirituel est le Pape, son chef temporel est l'empereur du Monde. Le caractère essentiel du Cinquième Empire est l'unité : *« unus pastor, unum ovile »*. Toutes les parties disjointes du monde se rejoindront. « De ces mondes unis se formera un monde entier... Tout ce que la mer embrasse, tout ce que le soleil éclaire, tout ce que couvre et entoure le ciel, sera soumis à ce cinquième Empire... Tous les royaumes s'uniront en

(13) L'œuvre de Vieira a été étudiée par le professeur français Raymond Cantel. La récente réédition de l'*Historia do futuro* est préfacée par Maria Buescu.

un seul sceptre, toutes les couronnes se fondront en un seul diadème, qui servira de socle à la croix du Christ ». Dans cet empire universel, il n'y a plus de diversité de langues ni de frontières : c'est la fin de Babel. Dans cet empire « sabbatique », il n'y a plus de travail ni de guerre : c'est la fin de la malédiction d'Adam.

Cette vision est, à quelque chose près, celle du millénarisme, telle que Vieira a pu la connaître à travers la pensée du moine calabrais du XIIe siècle, Joachim de Flore, reprise par les franciscains et les jésuites (14). Il ne s'agit pas d'une « utopie », située dans un *ailleurs* de l'espace et du temps, mais d'une prophétie ou d'une apocalypse dont la scène est l'univers et le temps celui de l'histoire, même s'il est à la fin de l'histoire. La tradition messianique portugaise accentue ce caractère historique de l'avènement du cinquième Empire en lui assignant un lieu réel : c'est le Portugal, qui sera le centre du futur monde unifié. Cette tradition est antérieure à Vieira. On en trouve déjà l'écho chez Camoẽs, dans le discours de Jupiter aux dieux de l'Olympe, tout au début des *Lusiades* :

« *Si vous avez présente à l'esprit*
La grande valeur du vaillant peuple de Lusus (15)
Vous devez savoir clairement
Qu'en vertu des décrets immuables du Destin
Il est appelé à éclipser chez les humains
Les Assyriens, les Perses, les Grecs et les Romains. »

Vieira, qui n'a rédigé que les premiers chapitres de son livre, n'a pas eu le temps d'exposer en détail ses prédictions ni d'en fournir les « preuves », empruntées aux Ecritures. C'est dans le *projet d'histoire de l'avenir*, sous la forme d'un sommaire et dans le style d'un catéchisme, qu'il pose la question de la localisation géographique du trône du cinquième Empire. « Dans quelle terre doit être fondé ledit Empire en tant que temporel ? » Réponse : il sera fondé au Portugal et sa capitale sera Lisbonne. « Quelle sera la personne désignée pour être le premier Empereur instrument temporel dudit Empire ? » Ce ne sera ni l'empereur d'Allemagne, ni le roi de France très-chrétien, ni sa Majesté catholique d'Espagne, mais le roi du Portugal.

---

(14) Umberto Eco a montré, dans *Le nom de la rose*, les avatars de cette pensée au XIIIe siècle.

(15) Lusus est l'ancêtre légendaire des Portugais.

Ce roi, Empereur du Monde, Vieira, sans doute par prudence (il vit sous le règne de Jean VI), ne le nomme pas clairement. Mais pour tous ses lecteurs et pour Pessoa, cela ne fait pas de doute : ce sera Sébastien, de retour des *îles fortunées* où, depuis 1578, il attend son heure, qui est celle du Portugal.

LE « MESSAGE » DE PESSOA

La légende de Sébastien et le mythe du Cinquième Empire sont les matériaux dont se sert Pessoa pour élaborer et transmettre symboliquement sa propre vision prophétique, bien différente de celle de Vieira (16).

D'abord, pour lui, les quatre premiers empires ne sont plus ceux de la tradition biblique ni de la tradition portugaise, mais les quatre grands moments de la civilisation occidentale : la Grèce, la Rome antique, le christianisme, l'Europe de la Renaissance et des « lumières ». Il n'est plus question des Assyriens ni des Perses, ni d'ailleurs de l'Egypte ou de la Chine. Le monde se résume à l'Europe. Les continents et les océans ne sont évoqués que comme les objets du rêve portugais et de la quête des navigateurs. Ils sont les défis lancés à leur imagination, l'espace où s'est investi leur courage. Ils sont aujourd'hui les métaphores des « Indes spirituelles » que le poète invite ses compatriotes à conquérir pour édifier un « empire de la culture ». Pessoa ne s'intéresse pas vraiment à l'histoire ni à la géographie. La politique est pour lui une expérience intérieure. La recherche de soi, l'occupation totale de cet immense domaine en friche que chacun constitue pour soi-même, passe par la possession d'une langue, l'héritage d'une culture, l'appartenance à une communauté. Nation et personne sont deux dimensions complémentaires de l'existence humaine, telle que Pessoa la conçoit, lui qui a le sentiment de n'avoir ni identité personnelle ni vraie patrie.

L'œuvre de Pessoa est une apologie de l'aventure mentale. L'esprit « impérial », c'est le refus des limites, le dépassement de soi, le désir inextinguible. Le poème central de *Message*, qui s'intitule précisément le *Cinquième Empire*, énonce cette devise. L'homme heureux est à plaindre, parce qu'il est un mort-vivant. « Etre homme, c'est être insatisfait ». L'aventure mentale est à la fois « rêve », « fiction » et « création ». Le poète ne conçoit la vie des individus ou celle des sociétés qu'animée par un grand dessein. Il

(16) Le Sébastianisme de Pessoa a été étudié notamment par Antonio Quadros.

aime moins l'homme que ce qui le dévore. Un personnage de son poème dramatique de jeunesse, *Le marin*, se demande pourquoi l'on meurt et répond : « parce qu'on ne rêve pas assez ». Il écrit dans un poème anglais, *The mad fiddler* : « Peu importe ce qu'on rêve. Ce qu'on rêve est vrai ». Cette foi en une vérité imaginaire, c'est la face cachée de la culture européenne, occultée par le rationalisme, mais qui ressurgit périodiquement, depuis dix siècles, pour inspirer les œuvres qui forment la part essentielle de notre héritage littéraire et artistique, des romans de chevalerie au surréalisme.

Le « rêve » de Pessoa exclut toute naïveté. Il n'est pas sommeil, mais éveil. Il n'est pas illusion, mais invention. Il est compatible avec la conscience de soi et la lucidité. Pessoa fonde, contre le romantisme vulgaire, une poétique de l'intelligence. Il affirme que « feindre est le propre du poète ». Mais on pourrait aussi bien dire que c'est le propre de l'homme. Dans le *Livre de l'intranquillité*, ce journal intime qu'il a tenu pendant toute sa vie en l'attribuant à un « demi-hétéronyme », Bernardo Soares, il montre une intelligence « pure » au travail, pour qui « le monde extérieur est une réalité intérieure » et qui construit, par le « rêve », une contre-réalité plus vraie en un sens que le réel.

Cet appel aux pouvoirs de l'imaginaire se fonde sur la croyance à l'unité vivante de tout. Pessoa est opposé au développement de l'idiosyncrasie, au culte romantique du moi, à l'exaltation de l'identité nationale. Il se veut pluriel et il veut que le Portugal, l'Europe et le monde aussi soient pluriels. Mais il voit, au point de fuite de toutes les perspectives idéologiques, les diversités converger. Il croit à la résolution future des antinomies et au dépassement du principe de non-contradiction. Il est le citoyen d'un monde œcuménique, multiracial et transsexuel. Il veut fonder « un empire androgyne qui unira... toutes les subtilités du pouvoir féminin et les structurations du pouvoir masculin ». La clef de cette unité, il a parfois cru l'avoir trouvée dans les traditions initiatiques. La société des esprits qu'il s'agit de construire sera fondée sur le partage, au double sens, d'une même vérité, à laquelle tous auront accès, chacun selon son degré d'initiation. Comme le dit le Rituel de l'Ordre des Templiers, la vérité du néophyte et celle de l'adepte sont en fin de compte, « bien qu'opposées, la même vérité ».

C'est à la science, à la technique, à la politique, mais avant tout à l'art que Pessoa assigne la fonction de changer la vie. Non à l'art « inférieur », dont le but est de plaire, ni à l'art « moyen », qui cherche pourtant à « élever », mais au grand art, qui veut libérer.

« Elever et libérer, ce n'est pas la même chose. Nous élever, c'est nous sentir au-dessus de nous-mêmes, mais éloignés de nous-mêmes. Nous libérer, c'est nous sentir devenus supérieurs *en nous-mêmes*, c'est nous sentir en nous-mêmes des seigneurs et non plus des exilés. Se libérer, c'est s'élever par dedans. Il ne s'agit pas de monter plus haut, mais de devenir plus grand ».

Ce thème de la grandeur est au centre de l'œuvre de Pessoa. Sa vérité dernière, s'il y en a une, est l'affirmation du génie humain. Dans son *Ultimatum* de 1917, Alvaro de Campos prophétise l'avènement du surhomme. Mais le surhomme de Pessoa-Campos est bien différent de celui de Nietzsche-Zarathoustra. Il a renoncé à la volonté de puissance. « Le surhomme sera, non le plus fort, mais le plus complet..., non le plus dur, mais le plus complexe..., non le plus libre, mais le plus harmonieux ». Le génie, dit-il ailleurs, est l'équilibre, dans l'organisation mentale, entre les forces d'intégration et les forces de désintégration. Il est à la fois constructeur d'existence et créateur de négation. L'essence de l'art est d'exprimer ; « peu importe ce qui est exprimé ». La grandeur humaine se manifeste par l'acte gratuit. L'un des héros de la mythologie personnelle de Pessoa est Erostrate, cet inconnu devenu célèvre au IVe siècle pour avoir mis le feu au temple de Diane à Ephèse. Il l'imagine « dans une extase de tristesse, une part de lui se consumant elle aussi dans la fureur de son entreprise insensée ». Erostrate sacrifie ses sentiments intimes, ses convictions, son goût de la beauté, au désir d'immortalité. « Il souffre, pour que son nom soit glorieux, comme le Christ meurt en tant qu'homme pour prouver qu'il est le Verbe ».

Tout ce que Pessoa dit des individus exceptionnels, il le transpose à l'échelle des nations. « La célébrité des nations est semblable à celle des hommes. Il y a des nations qui ont du génie et d'autres qui ont du talent ». La civilisation occidentale moderne a été façonnée par trois nations « géniales » : l'Italie a inventé la nationalité, le Portugal l'universalité, l'Angleterre la liberté. Mais ces valeurs ont été diffusées grâce au « talent » de trois autres nations : l'Allemagne, l'Espagne et la France.

Gide a prédit que le monde serait sauvé par quelques-uns. Il n'est pas douteux que Pessoa a cru qu'il serait de ceux-là. Il a voulu que le Portugal se charge de la mission de créer une nouvelle culture pour l'Europe et pour le monde ; et il a lui-même délibérément sacrifié sa vie à cette tâche. Pourquoi ? On ose à peine le dire tant cette idée est folle. Certains indices laissent penser que Pessoa a eu, dans les années 1925-1930, la révélation qu'il était lui-même Dom Sébastien, réincarné dans le « super-Camoēs », et que son œuvre, une fois répandue dans le monde comme une autre « bonne nouvelle », engagerait la culture occidentale dans un processus d'unification autour de la culture portugaise, porteuse des valeurs de l'universalité. Tel était l'orgueil de cet homme si humble.

LE RÊVE PORTUGAIS AUJOURD'HUI

C'est sous le gouvernement de Salazar que Pessoa a vécu ses dernières années et écrit ses dernières œuvres, dont *Message* ; beaucoup de critiques ont relevé des convergences entre sa pensée et l'idéologie de l'*Etat nouveau*, pour s'en réjouir ou pour les déplorer. Il avait été en relation dans sa jeunesse avec Marinetti, rallié ensuite à Mussolini. Il a publié en 1928, au moment de l'arrivée au pouvoir du maréchal Carmona, qui allait appeler Salazar, une « défense et justification de la dictature militaire », dont le titre, *L'interrègne*, a une connotation historique précise pour les Portugais : c'est, on l'a vu, la période difficile qui, en 1383, précède le siècle d'or. La question des idées politiques de Pessoa n'est pas simple. On trouve dans ses écrits en prose des jugements tout à fait contradictoires ; et c'est le dialogue en lui de ces croyances opposées qui exprime, dans ce domaine comme dans d'autres, sa vraie personnalité. A côté du Pessoa réactionnaire, partisan d'une société inégalitaire et d'un pouvoir fort, il y a un Pessoa démocrate, attaché au modèle britannique de système parlementaire, et un Pessoa anarchiste, qui se plaint de « la maladie de la discipline » dont sont atteints ses compatriotes « incapables de révolte et d'agitation », à qui il propose d'être leur professeur de désobéissance. A côté du nationaliste, qui rêve de voir le Portugal dominer le monde, il y a le mondialiste, qui imagine une communauté dont le Portugal métropolitain ne serait qu'une province parmi les autres et dont la limite, comme le dit Agostinho da Silva, serait celle de « l'expansion culturelle de la *pax in excelsis* que la langue portugaise porte en elle ».

Mais il est vrai que le rêve « impérial » décrit dans *Message* a été jugé réactionnaire par les intellectuels portugais engagés dans la résistance au pouvoir salazariste. La complaisance à l'égard d'un passé colonialiste, l'expression d'une *saudade* morbide, l'attente d'un sauveur mythique, tout cela leur semblait porter la marque du « fascisme ». Et le prix littéraire décerné à Pessoa en 1934 par le secrétariat à la propagande nationale pour son livre semblait leur donner raison. L'intellectuel le plus influent de l'époque, Antonio Sergio,, avait déjà, avant Salazar, proposé une « interprétation non romantique du sébastianisme. »

Le paradoxe est que les quarante années qui séparent la publication de *Message* de la révolution des œillets ont vu simultanément disparaître les valeurs traditionnells du rêve portugais et monter au zénith la gloire de Pessoa, qui les exalte. Le mouvement littéraire qui a dominé l'après-guerre, le « néo-réalisme », est évidemment hostile au nationalisme traditionnel, mais aussi à une certaine forme de cosmopolitisme. On sait que la révolution de 1974 a commencé par la décolonisation. Rien n'est plus étranger à l'esprit du 25 avril que le sébastianisme ou l'idée du Cinquième Empire. Même le *fado* a fini par être considéré comme un genre réactionnaire et la *saudade* comme un sentiment contre-révolutionnaire. Dans les années qui ont suivi la révolution, les Portugais ont désappris à aimer leurs mythes.

Certains avaient pu imaginer que le 25 avril marquerait le réveil du peuple portugais : le retour du Désiré. Mais cette espérance a été déçue. « On avait pensé, dit le poète Eugénio de Andrade, que cette admirable explosion de potentialité créatrice, que le 25 avril promettait d'être, rendrait enfin possible l'éveil de ce pays à une définition collective de son avenir, à une rencontre avec ce qu'il y a de plus profond dans le corps de ce peuple, sa culture, son imagination. Que reste-t-il de tout cela ? »

La situation du Portugal, de l'Europe et du monde a bien changé depuis l'époque de Pessoa. Le 16 juillet 1969 des hommes, en marchant sur la lune, ont symboliquement démontré que l'univers n'est pas fermé. Ils étaient américains, et non, comme les équipages des caravelles, portugais ou espagnols. Le centre de gravité du monde s'est déplacé vers le Pacifique, devenu un océan américano-japonais. Le Portugal, que même un esprit aussi avisé qu'Emmanuel Berl considérait encore il y a quelques années comme un pays lointain, une marche de l'Europe, est désormais membre de notre communauté. Avec la crise, le rôle des émigrés et les relations entre nations évoluent. Je me souviens du mépris qu'avaient les Européens du Nord pour ceux du Sud, quand le flux des nantis en quête de soleil croisait celui des démunis à la recherche de travail. Nous sommes tous plus solidaires aujourd'hui dans cet espace européen rétréci. Le prodigieux développement des communications rapproche les peuples. Une nouvelle discipline de pensée est née : la prospective, dont le fondateur, Gaston Berger, a dit que « depuis le néolithique, il ne s'était rien passé ; enfin il se passe quelque chose ». Ce jugement n'aurait-il pas ravi Pessoa, lui qui a tellement cru à la nécessité de réinventer l'homme ?

Avec cette nouvelle donne, quelles sont les chances du Portugal ? Le statut mondial de sa langue, la densité et la qualité de sa *diaspora*, le talent de ses écrivains et de ses artistes, la gloire universelle de Pessoa, l'existence enfin d'un instrument de rayonnement, la Fondation Gulbenkian, qui peut devenir un centre de création et de diffusion d'une nouvelle culture universelle, où Pessoa voyait la vocation de son pays. L'art portugais, a-t-il dit, doit être « le miroir dans lequel l'Europe pourra se regarder et se reconnaître, en oubliant que c'est un miroir ».

Je vois un signe des temps dans un événement récent, qui, dans le tohu-bohu de notre vie « culturelle », risque d'être passé presque inaperçu : la réalisation à l'écran de la version intégrale du *Soulier de satin* de Claudel par le metteur en scène portugais Manoel de Oliveira. Il aura donc fallu attendre un Portugais pour prendre la mesure de cet immense chef-d'œuvre. Mais peut-être était-il seul capable d'en restituer fidèlement la grandeur, parce qu'elle lui est consubstantielle. Manoel de Oliveira, dans son film, a ajouté au drame espagnol du poète français une scène empruntée à l'histoire portugaise. René Tavernier, dans l'article où il en rend compte, le justifie par la nécessité de marquer « l'éternelle divergence entre l'absolu espagnol et l'infini portugais ». Même Pessoa n'aurait pas su mieux définir l'essence de la lusitanité.

Robert BRÉCHON.

POÉTIQUE ET PHILOSOPHIE CHEZ FERNANDO PESSOA

La poésie est une musique qui se fait avec des idées, donc avec des mots.

F.P.

C'est peut-être Fernando Pessoa, à l'acmé du Modernisme portugais et des avant-gardes européennes du début de ce siècle, qui a mis en scène de la façon la plus spectaculaire à la fois le drame et le chœur de cette sorte de balancement entre l'équilibre et le déséquilibre – propre selon Hölderlin au tragique – qui marque les rapports heureux et malheureux de la poésie et de la philosophie. « J'étais – écrit-il – un poète animé par la philosophie et non un philosophe avec des facultés poétiques » (1). Voilà, tracé en quelques mots, tout un destin devenu liberté, qui semble finalement pencher, d'hésitation en hésitation, du côté du poète.

S'il y a eu, en effet, un poète contemporain hanté par la visée d'une re-construction des rapports entre la pensée et le langage poétique, à partir de la crise de la philosophie, doublée de celle de la science, ce poète est bien Fernando Pessoa. « La poésie est une musique qui se fait avec des idées, donc avec des mots » (2) – telle est une des formulations lapidaires de sa poétique, même s'il en vient à subsumer les idées dans les sensations, tout en congédiant la philosophie et la poésie elle-même, avec « maître » Caeiro, hypostase-clé de son poétodrame.

La polyphonie des hétéronymes se veut avant tout, dans ses polarisations successives, la poursuite d'une combinatoire infinie des idées et des mots, où la forme de l'expression et la forme du contenu – pour utiliser la terminologie d'Hjelmslev – se cherchent et se recherchent, à l'instar de la philosophie et de la poésie. Avec les débris des grands systèmes de pensée occidentaux, depuis

---

(1) *Páginas Intimas e de Auto-Interpretação*, Atica, Lisboa, s.d., p. 14.
(2) *Id.*, p. 392.

l'antiquité grecque jusqu'à la modernité, en passant par des bribes, des expériences de méditation orientales, et sous le signe de l'ésotérisme, Pessoa refait un polylogue de voix lointaines et à venir, où se lit toujours la rencontre de la *traditio* et de la *revolutio*, dont le va-et-vient de la philosophie à la poésie est l'expression inlassable, à travers la pluralité des langages des hétéronymes.

Des fragments philosophiques, Pessoa en a laissé en surabondance. Et il a même créé un hétéronyme-philosophe, António Moura, théoricien du « Néo-Paganisme », tout en chargeant un autre, Rafaël Baldaia, d'écrire un « Traité de la Négation ». Sans parler du célèbre texte en prose d'Alvaro de Campos, en polémique avec Fernando Pessoa lui-même, au sujet de la « Métaphysique », où celle-ci éclate en « métaphysiques multiples », « tout en cherchant à trouver des systèmes de l'univers cohérents et amusants, sans leur attribuer aucune intention de vérité », comme il l'avoue à la fin, en les faisant entrer sans ambages dans le jeu, dans la feinte hétéronymique (3). C'est en effet une logique poétique, et non proprement philosophique – qu'elle soit aristotélicienne ou hégelienne – qui sous-tend ce discours, où la métaphysique égale à la fois l'art et la science, mettant d'accord Pessoa et Campos, « dans cette coïncidence d'effets – dit celui-ci – qui n'est pas rare entre théories non seulement diverses mais absolument opposées » (4). Une *coincidentia oppositorum*, en somme, qui est *mutatis mutandis* celle des hétéronymes-poètes, dans leurs dialogues croisés, tissant un texte qui prolifère *ad infinitum*.

Des philosophèmes contraires ou contradictoires se disséminent, en fait, dans une circulation continue, d'hétéronyme en hétéronyme, et à l'intérieur de chacun d'eux, sans oublier le demi-hétéronyme, Bernardo Soares et les innombrables « personnalités » littéraires où Pessoa se dédouble. Toutes les idées, systèmes et métalangages philosophiques – comme d'ailleurs religieux, mystiques et mythiques – y passent et repassent, dans une migration inter-textuelle et archi-textuelle qui fait du texte pessoën, comme je l'ai par ailleurs montré, l'exemple le plus inouï de l'hétérotexte : d'un texte toujours autre, d'autrui. La chaîne des citations, des réminiscences, des philosophèmes en dispersion, en dérive, est infinie, dans un éternel retour du même comme autre, pour parler comme Blanchot. « Ah, tout est déjà lu, même ce qui

---

(3) *O que é a Metafisica*, in *Obras em Prosa*, Aguilar, Rio de Janeiro, 1976, p. 563.

(4) *Id., ibid.*

reste à lire », résume le poète (5). Mais il recommence, encore et encore, tel Sysiphe.

Il faut essayer de suivre, inlassablement, dans les méandres d'un labyrinthe sans issue, donnant sur d'autres labyrinthes, le jeu du système des hétéronymes – le *systématique*, comme dirait Barthes – pour se rendre compte de cette errance d'erreur en erreur de la pensée, de la connaissance, dont Pessoa parle pathétiquement dans un poème dramatique inachevé, le premier d'une série de trois *Faustos* qui a été son projet majeur, mais dont l'échec est à l'origine de son poémodrame, de son poétodrame. Écoutons-le :

« *Pourquoi donc chercher*
De vains systèmes, de vaines philosophies
Des religions, des sectes, la voix des penseurs,
Si l'erreur est la condition de notre vie,
La seule certitude de l'existence ?
Je suis donc arrivé à ceci : tout est erreur,
De la vérité il n'y a qu'une idée
A laquelle ne correspond pas une réalité. » (6)

On dirait que les hétéronymes, dans leur ensemble et tout un chacun, avec leurs langages architextuellement diversifiés, commentent inépuisablement, de différentes façons et à tour de rôle, ce drame de la connaissance, de la pensée, dans une sorte de chœur tragique, dont la poésie est l'expression multiple : musique d'idées, donc de mots, pour paraphraser le poète.

Les rapports entre le langage et la pensée sont repris par les hétéronymes pessöens à partir de points de vue successivement opposés, mais qui, à tel ou tel niveau ou degré, se conjoignent pour se disjoindre, d'incoïncidence en coïncidence et de coïncidence en incoïncidence, d'après une logique de la « contradiction complémentaire », où il n'y a pas, selon Stéphane Lupasco, de synthèse dialectique, mais à peine coexistence, dans le faux – la « feinte » pessoënne – des vérités incompatibles d'affirmation et de négation. « Dans la réalité de la pensée humaine – écrit Pessoa – essentiellement flottante et incertaine, tant l'opinion primaire, que celle qui lui est opposée, sont elles-mêmes instables ; il n'y a donc pas de synthèse, dans les choses de la certitude, sinon thèse et

(5) *Obra Poética*, Aguilar, Rio de Janeiro, 1972, p. 500.
(6) *Id.*, p. 464.

anthithèse seulement. Seuls les Dieux, peut-être, pourront synthétiser » (7).

Dans la gradation – sur une échelle ésotérique – des hétéronymes, c'est Alberto Caeiro, le « maître », qui mène plus loin, par leur double refus, les rapports entre la poésie et la philosophie. En se voulant le diffuseur d'un « objectivisme absolu », cet hétéronyme se propose de réduire la connaissance de la réalité aux seules sensations, en leur assimilant les « idées » elles-mêmes :

« *Je n'ai pas de philosophies, j'ai des sens.* » (8)

Penser, pour lui, serait en effet être « malade des yeux ». Mais, avec la philosophie, il congédie du même coup toute forme d'esthétique, et donc de poésie :

« *Je ne suis même pas poète : je vois.* » (9)

Degré zéro de la poésie, degré zéro de la philosophie :

« *Il y a suffisamment de métaphysique*
dans le fait de ne penser à rien. » (10)

A la limite, pour Caeiro, « rien ne pense rien » (11). Et même si, par moments, la maladie de penser s'insinue, elle n'est que l'envers nécessaire de la santé naturelle : alors, écrit-il « je dois être entièrement malade – idées et tout le reste » (12). La contradiction n'est-elle pas inhérente à la réalité aussi bien qu'à la pensée ?

Le discours de Caeiro met radicalement en cause à la fois la pensée et le langage par rapport aux choses, dans une sorte de anti-sémiotique, où le signifiant et le signifié se révèlent impuissants face au référent :

« *De même que les mots échouent quand ils veulent*
exprimer une pensée quelconque
De même les pensées échouent quand elles veulent
exprimer une quelconque réalité. » (13)

écrit Caeiro.

Chassez la pensée et le langage, ils reviennent cependant au

---

(7) *Textos Filosóficos*, Atica, Lisboa, s.d. I, p. 3-4.
(8) *Obra Poética*, Aguilar, Rio de Janeiro, 1972, p. 500.
(9) *Id.*, p. 235.
(10) *Id.*, p. 206.
(11) *Id.*, p. 222.
(12) *Id.*, p. 214.
(13) *Id.*, p. 238.

galop. L'« épouvantable réalité des choses », dont parle le poète, suppose en fin de compte que « chaque chose qu'il y a est une façon de dire ceci » (14). Et quand bien même il s'agirait, dans ce cas, du langage des sensations, il doit nécessairement subsumer en lui celui des idées :

> « *Je cherche à dire ce que je sens*
> *Sans penser que je le sens.*
> *Je cherche à juxtaposer les mots et l'idée*
> *Et sans avoir besoin d'un couloir*
> *De la pensée jusqu'aux mots.* » (15).

De contradiction en contradiction, d'aporie en aporie, Caeiro ne fait que multiplier les figures de mots et les figures de pensée, à tel point que, comme l'a dit justement Eduardo Lourenço, le « degré zéro » de la poésie – et on peut l'affirmer aussi de la philosophie – est en même temps son « degré oméga » (16). De passage, Caeiro aura incorporé multiples philosophèmes, mélangeant les fragments des systèmes de pensée occidentale avec ceux issus des formes de pensée orientales, le bouddhisme et le taoisme, par exemple. Et la richesse rhétorique de la « prose » de ses « vers », comme il dit, atteint souvent le paroxisme : anaphores, chiasmes, à côté de métaphores, métonymies, toute la poésie ancienne et moderne est là, avec ses masques et déguisements subtils. Philosophie et poésie tissent un texte où les figures des discours de l'expression et du contenu sont interchangeables.

Les autres hétéronymes de Pessoa, par un chassé-croisé d'oppositions, ne sont que des dérivations du maître, y compris le poète orthonyme. Si chez Ricardo Reis, un néo-classique horacien, la pensée commande, l'expression, en dominant par là les sensations, chez Alvaro de Campos, un futuriste-sensationiste, c'est « l'excès d'expression » de ces sensations qui mène dans ses limites à la pensée poétique :

> « *A force de sentir j'en viens à ne faire que penser.* » (17)

Pessoa « lui-même », où le subjectivisme se déverse, dans la tradition de la poésie lyrique portugaise, est le poète où, paradoxalement, pensée et sensation viennent à se fondre :

> « *Si je pouvais voir toute la vie,*

---

(14) *Id.*, p. 235.
(15) *Id.*, p. 225.
(16) *Pessoa Revisitado*, Inova, Porto, 1973, p. 36.
(17) *Obra Poética*, ed. cit., p. 390.

Penser toute la pensée... » (18),

s'exclame-t-il, dans un fragment épars. Voilà donc la philosophie retrouvée, avec toutes ses impasses, que seul le sentiment semble à la fin combler :

« C'est ainsi que dans la pensée
Sans qu'il existe une issue,
Il y a quelque chose qui rappelle
Qu'il existe toujours un cœur. » (19)

Pessoa prouve être à juste titre, rappelons-nous, « un poète animé par la philosophie », sinon « un philosophe avec des facultés poétiques ».

Doit-on rappeler ici que, si le Portugal est un pays sans vocation philosophique reconnue, à quelques exceptions près, comme le remarqua Sampaio Bruno, il a par contre une littérature où les grands poètes, depuis Camões jusqu'à Teixeira de Pascoaes, en passant par Antero de Quental, ont été sensibles aux retentissements, souvent médiatisés par d'autres poètes, de la philosophie la plus haute ? Il convient cependant de tenir compte, comme l'écrit par exemple Eduardo Lourenço, à propos de Quental, que « la poésie philosophique est un monstre à deux têtes, dont le seul sens est celui de vouloir dire que la matière du poème est constituée de philosophèmes ou des apparences de philosophèmes ; or ce qui en fait de la poésie est justement le refus de les considérer comme tels » (20). C'est en effet en tant que poètes, et seulement en tant que tels, que certains d'entre eux arrivent à être philosophes, comme l'a observé Joaquim de Carvalho à propos de Pascoaes, – qui a été, pour Pessoa depuis ses prémices, le modèle le plus proche, même s'il a cherché à le tourner à l'envers, comme il fait d'ailleurs à tant de philosophes qu'il convoque dans ses textes, en citations souvent fausses et douteuses : Parménide, Héraclite, Socrate, Platon, Aristote, Saint-Augustin, Spinoza, Kant, Hegel, Leibniz, Nietzsche, sans parler des mineurs, qu'il ne néglige pas du tout, des idéalistes aux réalistes, des spiritualistes aux matérialistes, des empiristes aux panthéistes ou transcendantalistes.

Mais Pessoa reste toujours fidèle à sa condition de poète, qu'il

---

(18) *Id.*, p. 569.
(19) *Id.*, p. 547.
(20) *Le Destin Antero de Quental : Poésie - Révolution - Sainteté*, F. Gulbenkian, Paris, 1971, p. 45-46.

revendique comme la plus noble des missions, face aux sollicitations ambiguës de la philosophie : « Je n'ai ni cette croyance philosophique ni la croyance philosophique contraire. Au dedans de mon métier, qui est littéraire, je suis un professionnel, dans le sens supérieur du terme » (21). Voilà, pour utiliser l'expression d'Heidegger, « l'essentielle supériorité » de la poésie, même quand elle interroge, du haut de ses sommets, les sommets symétriques de la philosophie, des philosophies, au creux d'une crise dont leur dialogue, leur polylogue, est peut-être la seule espérance d'une « liberté libre », comme disait Rimbaud, devant le bruit et la fureur des langages totalitaires.

José Augusto SEABRA.

(21) *Obras em Prosa*, ed. cit., p. 84.

BIBLIOGRAPHIE DES ŒUVRES DE FERNANDO PESSOA

Fernando Pessoa (1888-1935) n'a publié de son vivant que le dixième à peu près de ce qu'il avait écrit : deux minces plaquettes de *Poèmes anglais* en 1921, le court recueil intitulé *Message* en 1934 et, de 1912 à 1935, quelques centaines de pages de vers et de prose parues dans plus de trente revues différentes. Tout le reste, il l'avait entassé dans une "arche" (une grosse malle de bois). A sa mort, elle contenait des milliers de poèmes, des fragments d'essais, des ébauches de récits et de pièces de théâtre, des pages de journal, d'innombrables pensées. Ces textes étaient rédigés en portugais, mais parfois aussi en anglais, au brouillon ou au net, manuscrits ou dactylographiés. C'est là que les amis du poète, ses premiers éditeurs, ont puisé après sa mort. La publication des écrits posthumes, commencée en 1942, n'est pas encore achevée en 1988 ; et peut-être ne le sera-t-elle jamais, tant cette œuvre est insaisissable.

Il existe actuellement, outre des centaines de publications en ordre dispersé, trois éditions systématiques de l'ensemble des écrits de Pessoa : l'édition Atica en 19 volumes, à Lisbonne ; l'édition Aguilar en 2 volumes sur papier bible (sur le modèle de la Pléiade), à Rio de Janeiro ; et l'édition Lello en 3 volumes (également sur papier bible) à Porto. Elles obéissent à des logiques différentes, suivent des plans différents et donent parfois des textes différents ; mais aucune ne peut évidemment être considérée comme définitive, puisqu'on ne cesse de découvrir de nouveaux inédits, dont certains, comme le *Livre de l'intranquillité* en 1982 ou le *Faust* en 1988, viennent modifier radicalement la perspective qu'on pouvait avoir sur l'univers de Pessoa. Il disait lui-même de son œuvre, avec regret : "Des fragments, rien que des fragments". Il rêvait de les rassembler et de les organiser dans un livre, mais le temps ou le courage lui a manqué. Cette œuvre posthume, qui ne s'est jamais vraiment constituée et que la mort a figée dans son état provisoire, est une œuvre fantôme. Pour édifier l'extraordinaire monument virtuellement contenu dans ce chantier, l'éditeur même le plus scrupuleux est bien obligé de se transformer en une sorte de Viollet-le-Duc littéraire, en faisant des conjectures sur ce qu'aurait été l'œuvre achevée. Mais peut-être doit-il aussi laisser quelque chose au hasard : la poétique de l'inachevé est, dans le génie portugais, complémentaire de la poétique de l'infini.

Invité en 1928 par ses amis, les jeunes poètes de Coimbra, à présenter lui-même sa bibliographie dans la revue *Presença*, Pessoa écrit que ses ouvrages appartiennent à deux catégories bien distinctes. Les uns sont "orthonymes" : ceux dont il assume personnellement la responsabilité, en les signant de son nom. Il appelle "hétéronymes" ceux dont il n'est l'auteur qu'au second degré, puisqu'ils ont été créés par des poètes autonomes, fictifs et sincères, nés de lui et en lui, mais dont chacun possède sa personnalité propre, sa sensibilité, son idéologie, sa *weltanschauung*, souvent opposée à la sienne. L'auteur orthonyme, Pessoa "lui-même", est un intellectuel introverti, inquiet, hyperconscient, partagé entre la sentimentalité larmoyante, l'ironie, les fantasmes érotiques et les élans mystiques. Les trois poètes hétéronymes, Caeiro, Reis et Campos, sont des "païens", tournés vers le dehors, attachés à la terre, vivant par les sensations, refusant la subjectivité, la conscience de soi et le sentiment de culpabilité où se complaît Pessoa. Le demi-hétéronyme Bernardo Soares occupe, dans ce dispositif dont l'orthonyme est le centre, la position symétriquement opposée à celle des hétéronymes : au lieu de prendre comme eux le parti de la vie, ou de flotter comme Pessoa entre la vie et le rêve, il choisit de vivre dans le rêve.

Chacun de ces cinq auteurs, dit Pessoa dans sa notice bibliographique de 1928, "constitue à lui seul une sorte de drame ; et tous ensemble ils constituent un autre drame". Cette conception qu'a le poète lui-même de son "drame en personnes", commande l'organisation de son œuvre. On pourrait être tenté de publier chacun des membres de cette Pléiade portugaise séparément. A l'époque héroïque du "modernisme" inaugurée par la revue *Orpheu* en 1915, les lecteurs pouvaient suivre les débats entre le fougueux Campos et le calme Pessoa, sans se douter qu'ils ne faisaient qu'un. Mais leur créateur a manifestement voulu que chacun d'eux soit en rapport avec les autres et avec la totalité au sein de laquelle ils entretiennent un dialogue. Tous les éditeurs ont donc pris le parti de les publier ensemble, en les faisant alterner et se répondre.

On peut, dans cette perspective, classer comme suit les principaux textes qui composent l'œuvre de Pessoa dans sa globalité.

1) *Ouvrages poétiques orthonymes (en portugais)*

Le Cancioneiro, recueil de poèmes lyriques
Message, recueil de poèmes épiques et mystiques
Le Marin, poème dramatique en prose
Faust, poème dramatique en vers.

2) *Ouvrages poétiques orthonymes (en anglais)*

Le violoneux fou, recueil de poèmes lyriques
Epithalame et *Antinoüs*, poèmes érotiques
Sonnets et *Inscriptions*, poèmes dans le goût antique ou élisabéthain

3) *Ouvrages orthonymes en prose (en portugais)*

Le banquier anarchiste, conte de "raisonnement"
La nouvelle poésie portugaise, l'Interrègne, De la dictature à la République, le *Cinquième empire, Atrium, Le chemin du Serpent*, essais
Pages de journal, pensées, correspondance.

4) *Ouvrages orthonymes en prose (en anglais)*
Shakespeare, Erostrate, L'initiation, essais

5) *Ouvrages poétiques hétéronymes (en portugais)*: "Fictions de l'interlude"

a) *Le gardeur de troupeaux* et *Le pasteur amoureux* d'Alberto Caeiro
b) *Odes* de Ricardo Reis
c) *Odes* et autres poèmes d'Alvaro de Campos

6) *Ouvrages poétiques hétéronymes* (en anglais)

Poèmes d'Alexander Search

7) *Ouvrages hétéronymes en prose* (en portugais)

Le *Retour des dieux* d'Antonio Mora, *Principes de métaphysique ésotérique* de Raphaël Baldaya (essais), *Ultimatum* d'Alvaro de Campos (pamphlet),
Préfaces: d'Alberto Caeiro et de Ricardo Reis, etc;

8) *Ouvrage "demi hétéronyme" en prose (en portugais)*

Le Livre de l'intranquillité de Bernardo Soares

Jusqu'à présent, les lecteurs français non spécialisés n'ont eu accès qu'à certaines parties de cette œuvre énorme et complexe. L'histoire de sa diffusion dans notre langue se résume presque à deux noms : Pierre Hourcade (1908-1983), qui avait personnellement connu Pessoa, a été son premier traducteur ; mais c'est à Armand Guibert qu'on doit l'essentiel des textes de Pessoa disponibles en français. En trente ans, il a publié l'*Ode maritime* de Campos (Seghers, 1955), *Bureau de tabac* de Campos (Caractères, 1955), un *Fernando Pessoa* (collection "poètes d'aujourd'hui", Seghers 1960), l'*Ode triomphale* de Campos (Oswald; 1960), le *Gardeur de troupeaux* de Caeiro (Gallimard, 1960), les *Poésies* de Campos (Gallimard, 1968), *Visage avec masques (Eibel, 1979), Antinoüs* (Fata Morgana, 1979), *Opium à bord* de Campos (Editions Unes, 1987).

Ces dernières années, un certain nombre de nouvelles traductions ont vu le jour, dues, entre autres, à Maria Teresa Rita Lopes, Rémy Hourcade, Henri Deluy, Simone Biberfeld. Mais il s'agit de travaux en ordre dispersé, chez divers éditeurs (dont les Editions de la Différence et les Editions Unes). Le spécialiste de la bibliographie de Pessoa, José Blanco, a relevé la disproportion existant entre les traductions de Pessoa lui-même et celles de ses différents hétéronymes. On pouvait lire en français la totalité des poèmes d'Alberto Caeiro, presque la moitié des Odes de Ricardo Reis et un certain nombre de poèmes d'Alvaro de Campos ; il existait plusieurs versions du *Gardeur de troupeaux*, de l'*Ode maritime* ou de *Bureau de tabac*. Mais on ne connaissait que quelques dizaines de poèmes de l'auteur orthonyme (sur près d'un millier), et à peu près rien des œuvres en prose à l'exception du *Banquier anarchiste* (dont il existe deux traductions, l'une d'André Coyné dans "Exils", l'autre de Joaquim Vital aux Editions de la Différence), des textes théoriques recueillis par José Augusto Seabra dans *Le retour des dieux* (Champ-libre, 1973) et des lettres rassemblées par José Blanco dans *Pessoa en personne* en 1987 aux Editions de la Différence.

En cette année du centenaire de la naissance de Pessoa, Christian Bourgois a commencé la publication d'une nouvelle édition française de ses écrits. Il s'agit de la première édition systématique, qui doit permettre au public français, en attendant de disposer des œuvres complètes, d'avoir du moins une vue d'ensemble des domaines où s'est exercée l'activité créatrice du "poète multiplié". Les premiers volumes ont paru en avril 1988 ; ils contiennent l'essentiel du *Cancioneiro* (tome 1), *Message* et *Le Marin* (tome 2), *Le livre de l'intranquillité* (tome 3) et les œuvres poétiques d'Alvaro de Campos (tome 4), dans des traductions de Michel Chandeigne, Patrick Quillier, Pierre Léglise-Costa, Françoise Laye et plusieurs autres spécialistes. La publication des volumes suivants s'échelonnera sur les années 1988 et 1989. Ce travail reprend et complète celui qu'avait accompli Armand Guibert, qui y participe d'ailleurs en qualité de préfacier d'Alvaro de Campos, son hétéronyme préféré. La nouvelle édition montre que chez Pessoa le démiurge n'est pas inférieur à ses créatures. Il disait : "Je m'envole *autre*". Mais c'est toujours au dedans de lui qu'il bâtit sa demeure.

Christian Bourgois n'est pas le seul à commémorer le centenaire de Pessoa par la publication de ses œuvres. Jamais les éditeurs français n'ont montré autant d'intérêt pour le poète resté, chez nous, presque "maudit". Si un certain nombre de textes paraissent en ordre dispersé (*Message* et *Le marin,* traduits par Bernard Sésé et présentés par José Augusto Seabra, chez Corti ; des poèmes d'Alvaro de Campos traduits par Rémy Hourcade et Emmanuel Hocquard aux éditions Royaumont ; une version abrégée du *Livre de l'inquiétude* aux éditions Unes), d'autres sont l'amorce d'une vaste entreprise : les éditions de la Différence publient un gros volume de *Proses,* choisies par José Blanco, traduites par Simone Biberfeld et Dominique Touati ; cet ouvrage est présenté comme le Tome I des œuvres complètes. En même temps paraissent les deux premiers livres entièrement consacrés, en français, à l'étude de Pessoa : *Fernando Pessoa ou la métaphysique des sensations* du philosophe portugais José Gil (éditions de la Différence) (1) et *Fernando Pessoa, roi de notre Bavière,* du critique, également portugais, Eduardo Lourenço (collection Michel Chandeigne à la librairie Séguier).

Le centenaire est célébré aussi par des revues *(Europe, Cahiers H., Action Poétique),* qui lui consacrent des numéros spéciaux, ainsi que par le Festival d'Avignon, dont le programme inclut cette année un colloque international organisé par José Gil sur le thème : "Pessoa et l'inquiétude d'être".

R.B.

---

(1) On ne saurait trop attirer l'attention sur l'importance de cet ouvrage, où l'on trouve une remarquable analyse de la conception qu'a Pessoa de « la perception métaphysique, psychologique et esthétique ». (Cf. Gilles Deleuze, *Le Pli,* Minuit, 1988, p. 124-125, note 20).

Directeur de la publication : Jean PIEL

IMPRIMERIE DE L'OUEST – *Le gérant :* Jérôme LINDON

N° d'enregistrement de la Commission paritaire : 63 028

Dépôt légal : 3e trimestre 1988 N° d'éditeur : 2323

COLLECTION « CRITIQUE »

GILLES DELEUZE

LE PLI

LEIBNIZ ET LE BAROQUE

LES ÉDITIONS DE MINUIT

DIOGÈNE

REVUE INTERNATIONALE DES SCIENCES HUMAINES
fondée par ROGER CAILLOIS

N° 141 – Janvier-Mars 1988

LES BIBLIOTHÈQUES

Diogène, Unesco, 1, rue Miollis, Paris-XVe – Tél. (1) 45-68-27-34

L'édition française est publiée par les Éditions Gallimard, 5, rue Sébastien-Bottin, Paris-VIIe.

Les abonnements sont souscrits auprès du Service abonnements, 49, rue de la Vanne, 92120 Montrouge ((1) 46-56-89-00) (C.C.P. 169-33 L, Paris).

Abonnement : France, 156 F ; Étudiants, 125 F ; Étranger, 173 F.

Le n° : 48 F.